當代商神

3 孤注一擲

何常在——著

目錄
Contents

第一章

賭注

「小商，敢不敢和我打這個賭？」

「敢。」商深笑道，「賭注是什麼？」

「衛衛。如果你贏了，我就同意你和衛衛在一起；如果你輸了，你無條件離開衛衛，保證不和她在一起……怎麼樣，還算公平吧？」

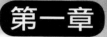

范衛衛應該是綜合了二人的優點，既有范長天北方人的大氣，又有許施南方人的嬌美。

商深趨步向前，來到范長天和許施面前，微微彎腰致意：「范伯伯好，阿姨好。」

范長天伸手和商深握手：「商深，一路上辛苦了。怎麼樣，還適應深圳的氣候吧？我剛來深圳的時候，也是覺得又潮又熱，現在適應了，反倒覺得北方太乾燥了，呵呵。」

和范長天的熱情相比，許施就冷漠多了，她只輕輕「嗯」了一聲，從商深身上收回了目光，一絲失望之色從她眼中一閃而過。

是的，她只看了一眼就對商深失望了。儘管商深長相還說得過去，身高也可以，但他渾身上下的穿著太寒酸太沒品味了，完全就和個鄉巴佬沒有區別。除了長相還算有幾分帥氣之外，沒有半點一個男人應有的氣度，更不用提他農村出身的身分了。許施立即在心中否定了商深，他配不上女兒，她堅決反對女兒和他來往！

和許施一眼定生死的武斷結論有所不同的是，范長天對商深的第一印象還算不錯，雖然商深稚氣未脫，畢竟他剛大學畢業，但他身上有同齡人少有的沉穩與從容，雖然還欠缺一個男人應有的氣度，但要求才廿二歲的商深現在就擁有四十多歲成功男人才具備的氣度，未免太求全責備了。

想當年他和商深一般大時，還沒有商深這樣的從容。莫欺少年窮，總有一日龍穿鳳。

當然，商深舉手投足間還偶爾露怯，范長天覺得也可以理解，他也是從窮時過來的，知道沒錢的時候見到豪華別墅和豪車，確實會有壓力。而商深雖然露出小小的露怯，整體來說，還算不失大器。

商深的平靜鎮定是來源於內心強大的自信。范長天的客氣中，有些許的疏遠之意；許施的冷漠中，有拒人於千里之外的冰冷。不管范長天和許施是怎樣的態度，他都在內心告訴自己，他來范家，既不求他們施捨一個工作，也不期望他們為他安排一個安身立命之所，他只是來見見他們，如此而已。

雖然現在他和范長天相比，猶如小草面對高山，但誰敢說有朝一日他不會翻越高山，實現山高我為峰的夢想？何況他對范家無所求，無欲則剛。

正是午飯時間，寒暄幾句後，范長天就讓保姆開飯了。

坐在范家無比高檔的餐桌前，看著琳琅滿目的西式餐具，商深拿起刀叉，笨拙地在范長天善意的笑容下和許施挑剔而鄙視的目光下，以及在范衛衛寬慰和鼓勵的小動作下，吃完了他平生最難吃的一頓西餐。

飯後的甜點商深沒吃，不習慣，只喝了一些茶。

「還吃得慣嗎？」

范長天擺出了長談的姿勢，斜靠在沙發上，有幾分隨意和慵懶。許施和范衛衛上樓去了，有意留出空間給兩人。

「還好。」商深淡淡地一笑，「我對吃沒太多要求，食無求飽。」

「子曰：君子食無求飽，居無求安，敏於事而慎於言，就有道而正焉，可謂好學也已……商深，你認可敏於事而慎於言的做法嗎？」

商深食無求飽的說法引起了范長天的興趣。

平心而論，對於商深如果要打分數的話，他只打五十九分，就是說，還差一分才及格。所差的一分不是因為商深的長相，也不是因為他的出身，而是因為他的沉穩。

沒錯，雖然范長天很欣賞商深的沉穩，但實際上，他希望商深更活潑更放開一些，這樣他才能觀察到商深最真實的一面。可惜的是，商深太沉穩了，不管是吃飯還是對話，都很難讓人捕捉到他內心的真實想法，讓他覺得商深太深沉太心機了，不免讓他微微失望。

就在剛才，范長天已經做出決定，他也不會同意女兒和商深在一起，因為他覺得商深配不上女兒。就算給商深足夠的成長空間，商深最少也要十年以上才能達到和女兒平視的高度。

十年，人生能有幾個十年？女兒的青春等不及，十年後，她都三十多歲了，難道說要讓她用十年的時間來下注，賭十年之後商深可以功成名就，而且還擁有一個成功人士必備的素質和素養？

賭注太大了，女兒等不及，也輸不起。他也等不及。

「多做不說是好事，但有時也需要多做多說，因為你做出的成績如果不讓人知道，有時也等於是無用功。現在的社會，需要的是綜合型人才。只做不說的人是將才；又做又說的人，是帥才。」

商深如實說出了他的想法，他知道在見多識廣的范長天面前，任何取巧的行為都要不得，不如以本色示之。

「你是技術出身，性格上應該偏內向多一些，我覺得你還是適合從事技術方面的工作，不適合做全面型的人才。」

雖然商深說得很坦誠，但范長天並不認為商深所說的就是他的真實想法，因而批評道。

「也不一定，我還年輕，還沒有定型，進步的空間還很大。」商深謙遜地一笑，「君子不器，文理一身是我追求的目標。」

「有理想是好事，但要立足現實，不要太好高騖遠了。」

范長天對商深君子不器、文理一身的說法基本贊同，但真正能夠做到文理一身的人並不多，大多數人可以當好一個器皿就已經不錯了。

「你覺得未來電腦和網路會有前景？」

「是的，隨著電腦的普及，互聯網終將改變世界。」

商深仍然堅持他的看法，他察言觀色間已經注意到范長天並不看好電腦和網路的前景，相信范衛衛的觀念也深受他的影響。

「改變世界？呵呵，怎麼改變？」

范長天終於忍不住笑了起來，他笑得很含蓄，但明顯流露出對商深看法的不屑。

「不過是個電子產品，頂多就是影響到日常生活的一小部分而已，說什麼改變世界，太輕率太浮誇了，年輕人嘛，追求新鮮事物可以理解。但不要追求到了盲目的地步，弄不好會耽誤了自己。」

「范伯伯，我想請問您一個問題……」

商深不想和范長天正面衝突，採取了迂迴的手法。說服別人是一項艱巨的任務，他並不打算說服范長天，而且也沒必要，他只想告訴范長天他對互聯網前景的堅定信心。

「問吧。」范長天依然保持著溫和的笑容。

「古代的帝王比現在的普通人幸福嗎？」

「這個很難比較，如果說吃喝，肯定比現在的人強多了，但古代冬天沒暖氣，夏天沒空調，出門沒汽車，上樓沒電梯，從某種意義來說，古代的帝王還不如現在的一個普通人享受到的科技進步幸福。」

「在汽車沒有普及之前，許多人說汽車改變不了世界，因為當時的汽車還沒有馬車快。」商深接過范長天的話，「在電視機沒有出現之前，誰也不知道會有電視這樣的傳播媒介可以改變整個世界，從汽車到電視、從電話再到手機，現在，輪到電腦和互聯網了。」

「呵呵，好一個步步推進的類比。」

范長天雖然不贊同商深的觀點，卻被商深巧妙的比喻逗樂了，他笑了笑，臉色一緊，嚴肅地說：「不過不能拿成功的例子來驗證你的觀點，電腦和電視不能相提並論，因為電視很容易被接受，誰都可以坐下看電視，不分年齡、文化程度，電腦不一樣，沒有一定的文化水準不會操作。所以複雜性是阻礙電腦普及的關鍵因素。」

應該說范長天的見解比范衛衛的見解更深刻更透徹，商深點頭一笑，表示部分同意范長天的觀點。

「范伯伯的話也有道理，複雜性確實是阻礙電腦普及的關鍵因素，手機剛出現的時候，對許多人來說也很複雜，而操作簡單的傳呼機卻不存在這個問題。但為什麼現在手機大有取代傳呼機之勢呢？原因只有一個，手機雖然操作比傳呼機複雜，但卻比傳呼機更實用更有效。電腦也是，電腦比電視複雜許多，但電視只是純消費品，電腦卻是生產力的工具。未來使用者一定要適應生產力的發展，作為生產力工具的電腦，一定會讓許多人努力學習去適應。如果不適應，就會被時代淘汰。」

「太危言聳聽了吧？以後不會電腦就會被時代淘汰，你這個說法太主觀了吧。」

嘴上這麼說，范長天心中還是起了一絲波瀾，因為商深的話觸動了他的內心。

確實，電腦是操作複雜，但如果以後電腦真的發展成生產力工具，人人需要使用電腦才可以工作的話，那麼電腦的普及就不是選擇題，而是必選題了，但問題是，電腦真的可以成為生產力工具嗎？

至少以他目前的見識，他完全看不出來電腦對日常生活和工作有什麼不可或缺的作用。

「歷史車輪滾滾向前，時代潮流不可抵擋，當然，這只是我個人一廂情願的不成熟的預測，就是和范伯伯隨便聊聊。」

商深繼續保持謙虛的作風，他也明白，范長天不可能被他幾句話就說服，而且他對電腦的普及和互聯網的興起的看法，就和馬朵的互聯網必將改變世界的看法一樣，帶有強烈的個人色彩。

不過話又說回來，在時代的潮流中，總有一些有先見之明的有識之士會比別人更快一步地抓住時代的脈搏，從而搶先一步站在潮頭，成為引領時代前進的弄潮兒。

歷史如此，現在也是如此。抓住內燃機革命的契機，成就了賓士、寶馬和富豪、大眾等汽車巨頭；抓住電子時代的契機，成就了聯想、八達集團、ＩＢＭ、ＨＰ以及佳能、愛普生等ＩＴ巨頭。

時代潮流在每一個時代每一個歷史時期都存在，能否抓住成為引領潮流的人物，就看你有沒有過人的眼光和先人一步的動作了。

「許多人不知道，全世界第一款數位相機是由柯達的工程師Steve Sasson在一九七五年發明。據他對《紐約時報》說，當時柯達公司高層拿著那台僅有一萬畫素的數位相機原型對他說：這玩意兒很可愛，但你不要跟別人提起它。」商深舉出柯達的例子，「發明數位相機並且擁有很多數位成像方面專利的柯達公司卻全力推動膠捲技術，因為柯達的膠捲技術全球第一，給柯達公司帶來了巨額利潤，因此柯達只把數位成像技術當成儲備技術。而日本廠家卻在數位成像技術上全力以赴，比如佳能的鏡頭防震技術，以及尼康的同底疊加技術等等，現在日系廠家在數位成像技術上的成就已經全面超過了柯達。」

「數位相機？我有一台。」

范長天談興上來了，起身去了房間，不多時拿來一台數位相機。

「比膠捲相機差多了，成像效果差，而且還依賴電腦，我覺得數位相機只是一個概念，以後不會有什麼市場。有兩點會限制數位相機的發展，一是它受制於電腦的普及程度。二是數位相機保存影像不方便，沖洗技術還達不到。」范長天評論。

必須得承認，范長天雖然是抵制ＩＴ時代的一類人的代表，他的觀點卻切中要害，符合當下的發展趨勢，薑還是老的辣，商深暗暗嘆服。

但嘆服並不表明他認可范長天的觀點，商深拿過范長天的數位相機，那是一台ＳＯＮＹ出產的新品，市價應該在六七千元左右。目前擁有這款相機的人大概沒幾個。

商深沒有多看，將相機還給了范長天，他雖然買不起，卻研究過，說道：「雖然現在數位相機還和電腦一樣是奢侈品，沒有普及化，實用價值也不高，但我相信，在不久的將來，數位相機一定會大行其道，完全替代膠捲相機。」

「你太盲目樂觀，過度自信了吧？」

范長天雖然訝異於商深對數位產品的瞭解，居然只看一眼就說中了相機的價格，但對商深的過於自信有了幾分不滿，年輕人有自信是好事，但過度自信就是自以為是了。

「給我一個膠捲相機被淘汰的理由。」

「方便，快捷，不需要沖洗。」

商深雖然沒使用過數位相機，但他已經敏銳地發現了數位相機的前景，侃侃而談道：

「數位相機拍好照片後，可以直接上傳到電腦上查看，喜歡哪一張再去洗哪一張，不會浪費底片。而且數位相機可以隨便拍攝，不用擔心昂貴的膠捲費用。」

「我敢打賭，數位相機會和電腦一樣，只會成為少數人的玩具，不會普及，也不會成為生產力工具。」

范長天覺得和商深再討論下去沒有什麼意義，因為誰也不能預測未來，索性以賭注來結束這個話題。

「小商，敢不敢和我打這個賭？」

「敢。」商深笑道，「賭注是什麼？」

「衛衛。」

范長天終於將話題拉到了正軌上。

「如果你贏了，我就同意你和衛衛在一起，只要衛衛想嫁你，我不但歡迎，還會送上豐厚的嫁妝；如果你輸了，你無條件離開衛衛，保證不和她在一起……怎麼樣，還算公平吧？」

「衛衛不是物品，不是我們用來打賭的賭注。」

想起畢京也曾經拿范衛衛當賭注，商深除了替范衛衛叫屈之外，心中驀然升騰起莫名的悲哀，畢京也就算了，畢竟是外人，可是范長天也拿女兒的幸福當賭注，未免太無情了。

不過又一想，商深明白了什麼，許施用冷漠和輕視來直接表明她反對他和范衛衛在一起的態度，而范長天則要含蓄許多，用爭論的話題讓他跳進陷阱，用賭注來間接表明他也不願意他和范衛衛在一起的態度。

儘管商深早有心理準備，猜測范衛衛的爸媽不會同意他和范衛衛的事，仍心存一絲幻想，認為他可以憑藉他的真誠感動他們，卻沒想到范長天和許施並不在意他的真誠，只看重他的出身地位，只可惜，他目前還是個不名一文的窮小子，距離成功還有十萬八千里的距離。

「我只問你，你敢不敢賭？」

范長天一臉雲淡風輕的笑容，並不回答商深關於范衛衛是不是賭注的問題，明顯是吃定商深了。

「我們決定不了衛衛的選擇，衛衛如果同意的話，我沒意見。」

「衛衛會同意的，現在就看你同不同意了。」范長天語重心長地說道：「小商，如果你真的愛衛衛，就要替她著想，如果以後互聯網沒有興起，你也就沒有未來；你沒有未來，就不能給衛衛幸福。你愛一個人卻不能給她幸福，你覺得你的愛是愛還是累贅？除非互聯網興起了，你如魚得水，並且擁有自己的一片天地，你才有資格和衛衛平等地站在一起，現在嘛……你覺得你配得上衛衛嗎？你不覺得衛衛和你在一起很委屈嗎？」

商深沉默了。

沉默不是因為心虛，而是他切實感受到了范長天的拳拳愛女之心。作為爸爸，愛護女兒一心為女兒著想，是人之常情，而且范長天也沒說錯，以他目前的實力，確實不配和衛衛在一起。只說范家的這棟別墅和兩輛豪車，就是他遙不可及的高山。

先前在八達賺了七千元的喜悅和成就感，在范長天高不可攀的雄厚實力面前，渺小得如同一棵小草上的露珠，被陽光一照就蒸發不見了。

「如果你現在答應了，我可以給你一個保證……」

范長天以為商深的沉默是想和他討價還價，於是加大了籌碼，「保證你在深圳可以生活得很舒適，一個月薪超過千元的工作，一個免費的房子，再給你三年的時間讓你打拼，怎麼樣？」

月薪上千？商深冷笑：

「范伯伯，我來深圳之前，八達已經開出月薪兩千外加年底分紅甚至股利的獎勵條件。我為八達解決一個啟動故障，只用半天時間，得到的報酬是兩千塊。也許在您看來，酒店、房產業才有前景，但您不要忘了，酒店和房地產現在興盛，是因為國內的基礎設施還不完善，經過十幾年的建設後，總有放慢速度的時候，因為一套房子可以住十幾二十年，而一台電腦卻只能用三五年。人在物質上的追求會有止境，在精神上的追求卻不會有止境，所以發達國家的表現方面就是第三產業非常發達。」

范長天愣住了，商深的話不無道理，電視普及後，電視節目催生了許多附屬產業，也讓許多相關產業大行其道，說明人在精神上的追求確實沒有止境，那麼是否可以推而廣之，電腦普及後，也會帶動整個ＩＴ行業及附屬產業的興旺？

不過這個念頭只在他的腦中閃了閃就過去了，作為名下有許多房產、酒店以及工廠的實業家，范長天實在想像不出ＩＴ行業會有什麼前景，一個人整天忙於許多事務，哪裡有時間打開電腦處理工作或是上網？簽署文件需要電腦嗎？見面會談需要上網嗎？

都不需要！月薪兩千元又怎樣？以前有多少曇花一現的行業也有過輝

煌，月薪三千也不在話下，但現在呢？都死掉了。到底是年輕，目光短淺，只看眼前。

「不說大道理了，我就問你一句，你同不同意我剛才的提議？」

「謝謝范伯伯的一番好意，我心領了。工作我會自己找，房子我會自己租，就不勞范伯伯費心了。」

商深拒絕了范長天，他不能拿自己的人格來交換利益，更何況在他看來，這樣的交換有辱范衛衛的尊嚴。

「好，既然你決定了，我也就不勉強你了。」范長天並不生氣，淡淡地笑了笑，「今晚就先住在家裡吧，等你找到住的地方再搬走也不遲。對了，剛才我們的對話，我覺得沒有必要讓衛衛知道，你說呢？」

「我心裡有數。」商深沒再推辭，他知道如果他堅持不住的話，會讓范衛衛傷心。環顧范家處處彰顯的富貴之氣，他心中暗暗發誓，總有一天他要揚眉吐氣地站在范長天面前，和范長天平等的對視！

一定要成為一個有錢人，不是為了高人一等，而是為了和輕視自己的人平等的對視，也是為了可以讓自己所愛的人過上幸福的生活。

范家的別墅有三層，五房五衛，每個房間都配有一個單獨的衛浴間，商深被安排在三樓一個背陰的房間。

雖然照不到太陽，房間卻比商深在儀表廠的宿舍強了不止百倍，舒適的軟床，冷暖皆宜的空調，還有沙發，裝修十分奢華，堪比五星級酒店。

「還習慣吧？」

范衛衛說話很小心，本來她想問商深還滿意嗎，一想滿意的說法似乎有炫耀之嫌，話到嘴邊就改成了還習慣吧，她注意到商深臉色不是很好，對剛才媽媽故意叫她上樓產生了懷疑。

「是不是爸爸和你說什麼了？」

「習慣。」商深寬慰范衛衛，「別多想，范伯伯沒說什麼，就是問了問我的一些基本情況，我們聊得還不錯，雖然在一些問題的看法上分歧，但也能求同存異，而且范伯伯也支持我從事ＩＴ行業。」

「騙人！」

范衛衛白了商深一眼，她關上房門，抱住商深的胳膊，柔情萬分地說：

「如果你真的愛我，為我受點委屈也沒什麼。男人的胸懷都是被委屈撐大的，我相信你以後會有成功的一天。我願意把我一生的幸福當成賭注，押在你的身上，你一定不會讓我失望的，對吧？」

「我可是一支績優股，現在是一塊錢一股，等以後上市了，會暴漲百倍千倍以上，所以現在入手成本最低，收益最大哦。」商深開著玩笑說：「除非是你先離開我，否則我不會主動離開你，我保證。」

「衛衛，你出來一下。」

范衛衛正要說什麼，門外傳來母親不容質疑的聲音，她只好站起來，朝商深做了個無奈的鬼臉，然後轉身出去了。

下午的陽光少了幾分威力，坐在三樓露臺的遮陽傘下，許施手端一杯紅酒，耳提面命地對女兒說：「衛衛，你和商深認識才多久，不要被他的花言巧語沖昏了頭！」

范衛衛為商深辯護：「媽，你難道看不出來，商深根本就不是個會花言巧語的人。我沒有昏頭，我很冷靜也很理智，如果你知道商深對我是怎樣的關懷和照顧，你就知道我為什麼那麼喜歡他了。」

「再喜歡也不行，我說什麼也不會同意你和他的事。」

許施喝了口紅酒，執意道：「你們身分差距太大，生活習慣也相差太多，在一起不會幸福的，聽媽媽的話，和他分手。我和你爸已經決定了，你一畢業就送你出國。」

「我不！」范衛衛緩慢而堅定地說：「別想分開我和商深，媽，我明確告訴你，如果你真的一心要拆開我和商深的話，你會先失去你的女兒。」

「你！」許施怒極，拍案而起，「反了你，你還是我的女兒嗎？你還當我是你媽媽？」

「媽……」范衛衛央求著：「我們不是說好了，給商深三年的時間，如果三年後他還一事無成的話，我會主動離開他，你怎麼又反悔了呢？」

「三年太長了，我等不及了。」許施嘆息一聲，將杯中的紅酒一飲而盡對女兒說：「不瞞你說，衛衛，我和你的簽證已經下來了，頂多三個月，我們就要出國了。」

「啊！」范衛衛手中的咖啡杯失手落地，打碎了一地的驚訝和傷心，「我不出國，媽，你先自己出去好不好？我現在不想出國了。」

「你真的忍心讓媽媽一個人在國外孤苦伶仃地生活？」

許施太瞭解女兒的個性，打出了苦情牌，「媽媽的身體不好，醫生說休養一年半載也許會好轉，你爸離不開深圳，只有你能陪在媽媽身邊，讓媽媽心情舒展一些。如果連你也不肯陪媽媽的話，媽媽一個人在國外怎麼生活？」

「……」范衛衛無語凝噎，目光散亂，沒有焦點地望向天空，正是夕陽無限好只是近黃昏的最美時刻，但她心中卻是一片悲涼。

雖然知道媽媽身體確實有病，但並沒有嚴重到非要到國外休養的地步，媽媽是故意為之，只是為了阻止她和商深在一起，媽媽的手段也太激烈了。

范衛衛柔腸百結，左右為難。

「好了衛衛，你和商深才認識不久，很快就會忘了他。聽媽媽的話，世界那麼大，有緣的人那麼多，一定會遇到比他更好更值得你愛的人。這個世界上，誰也沒有爸爸媽媽更愛你。只有爸爸媽媽的愛是無私的不要回報的愛，別人的愛，都有很多附加條件，只是你不知道罷了。」許施苦口婆心地勸女兒道。

「別再說了……」范衛衛淚水長流，伏在桌子上肩膀聳動，既是傷心的痛哭，也是無奈的抗爭。許施輕輕撫摸范衛衛的後背，嘴角閃過一絲心滿意足的笑意。

第二章

未來的發展趨勢

「如何將資訊轉化成實在的商品價值，將是未來的發展趨勢。
如果我們可以開發出一種為人們提供各種資訊的軟體，
讓每個人每天只要打開電腦，上網就要打開它，
那麼我們的成功將會超越現在任何一家IT公司。」

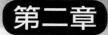

晚上，范衛衛沒心情請崔涵薇和徐一莫吃飯，正好崔涵薇打電話來，說是有事，沒時間請范衛衛吃飯，范衛衛客氣幾句就掛斷了電話。

晚飯她吃得很少，吃完，她讓商深陪她出去散步。

剛一出門，范家就來了客人。是兩個年輕人，一個年約二十五六歲，一個二十三四歲，兩人都戴眼鏡，一個是戴黑框，一個戴金絲，黑框眼鏡的年輕人個子稍高些，白淨而儒雅，而金絲眼鏡的年輕人雖也白淨，但大耳厚唇為他平添幾分純樸之氣。

范長天起身相迎，熱情地和黑框眼鏡金絲眼鏡分別握手：「化龍、向西，來，請坐。」

二人正是馬化龍和王向西。

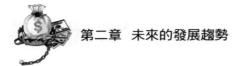

王向西北上北京，正是受馬化龍之託前去尋找電腦高手，結果找了一圈後一無所獲，正失望之時，聽聞八達發現一名橫空出世的天才高手商深，就想和商深面談，力邀商深加盟他和馬化龍即將成立的電腦公司。可惜的是，還沒有來得及和商深見面，他就被馬化龍緊急招回了深圳。回到深圳才知道，原來馬化龍找到了一個合適的投資方，就差說服對方了。

馬化龍沒有直接落座，而是點頭向范長天致意：「范董，不好意思晚上還打擾您，如果您方便的話，我和向西想向您介紹一下方案。」

「方便，說吧。」范長天再次示意二人坐下，然後讓人上茶，「喝什麼茶？鳳凰單樅還是鐵觀音？」

「鳳凰單樅吧，家鄉茶，喝得習慣。」

馬化龍坐下後，從隨身提包中拿出一疊厚厚的文件想要遞過去，卻被范長天制止了。

范長天擺擺手：「資料我不看了，你直接說就行了。」

馬化龍點點頭，接著說：「我先說說我的個人經歷，以便讓范董對我有個瞭解。」

「我畢業於深圳大學電腦專業，和向西是同學。在大學期間，我們就對電腦有濃厚的興趣。大學畢業後，我到一家通訊公司擔任程式設計工程師，主要從事尋呼軟體的開發工作。通過開發尋呼軟體讓我明白了一個道理，開發軟體的意義就在於實用，而不是寫作者的自娛自樂，就和從事文學創作是一樣的道理，要讓更多的人喜歡你的作品才是你的成功。」

范長天微微點頭，在他眼中的馬化龍和王向西，雖然充滿了激情和夢想，卻不過是初出茅廬的小夥子，衝動有餘而眼光不足。

「九五年，我在惠多網摸索了半年後，拿出五萬元在家裡弄了四條電話線和八台電腦，開始擔任惠多網深圳站站長。沒有多久，深圳馬站在惠多網上名聲鵲起。惠多網聚集了中國最高端的互聯網人才，我不但通過這個圈子接觸到世界上互聯網的最前線資訊，而且還認識了許多志同道合的朋友，同時也確定了以後的發展方向。」

「軟體必將改變世界！」馬化龍說出他此來的主題，也是他想要說服范長天的關鍵部分，「隨著電腦的普及以及互聯網的興起，會有越來越多的人坐在電腦面前工作或是上網，工作和上網必須要使用軟體，所以，如果成立一家軟體公司，編寫一款讓人人都喜歡使用，並且養成習慣後必須使用的軟體，設想，如果全國有一半以上的用戶一打開電腦就使用我們的軟體，那將會是多麼巨大的商機。」

王向西見范長天表情絲毫未變，感覺馬化龍的話沒有觸動范長天，趕忙補充道：「股霸卡的作者之一就是化龍。」

「哦！」范長天終於動容了，「股霸卡就是你寫的？」

馬化龍謙遜地一笑：「是我和幾個朋友一起完成的，不過我負責基本的核心部分。」

「厲害，年輕有為。股霸卡是個好軟體，我也在用。」范長天讚許道：「你這麼一說，我也覺得如果真的設計出一個人人都愛用的軟體，確實是了不起的成就。聽說你的股霸卡在賽格賣得特別好？」

「是的，賣得非常好，有一段時間還斷貨，供不應求。」見終於打動了范長天，馬化龍微有喜色。

「股霸卡也讓我賺了不少錢呀。」范長天微有感慨地朝後靠了靠，對馬化龍的提議有了一絲興趣，「說下去。」

從一九九二年開始，股市成為中國經濟的熱點，尤其在深圳，炒股幾乎成為全民運動，人人都是股民，並且到了瘋狂的地步。

最誇張的時候，在營業廳看盤時還是十塊錢一股，跑上樓找營業員買股票時，已經漲到了十二塊，等下樓時就變成了十四塊。有時一個上午賬面就能多出幾十萬，別說幹什麼都沒有興趣了，就連吃飯都不知道什麼味道，股市最瘋狂的時候，人人都覺得簡直和撿錢沒區別。

剛剛工作一年多的馬化龍人在深圳，也不能免俗，加入炒股大軍中。在炒股的同時，他發現有一種安裝在電腦上，能通過網路即時顯示股票走勢的板卡，十分方便那些希望在家中就能瞭解股市動態的股民們。他就興起別人可以出板卡為什麼我不能做的念頭，聯合幾個朋友，分析市場上所有各種股票板卡的優缺點，透過模仿，集合所有板卡的優點，改良開發出風靡一時的股霸卡。

股霸卡一經推出，就因為比市面上其他的板卡更先進更易用，迅速佔領了市場，打得其他家產品落花流水，毫無抵抗之力，成為市佔率最高的股票板卡。

除了在股霸卡上大賺了一筆之外，馬化龍也在股票市場收穫頗豐，短短時間內就積累了數百萬資金，是為他人生的第一桶金。而此時，正在廣州成立絡容公司的向落還十分落魄，在廣州的街頭吃著大排檔，感慨人生就像一盒手榴彈。

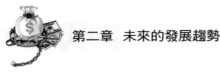

馬化龍和向落也認識，還和向落一起喝過啤酒，一起迷茫過未來。向落在廣州創辦絡容公司，讓他也意識到如果想要獲得更大的成功，就得有一個系統的規劃。

「為什麼股霸卡可以成功？因為股霸卡為人們提供了有用的資訊。人們需要的其實不是股霸卡，而是股霸卡所能提供的有價值的資訊。股霸卡的成功讓我意識到了一個道理，資訊的價值將逐漸被人們所認識，也將成為一種重要的生產力要素，如何將資訊轉化成實在的商品價值，將是未來的發展趨勢。如果我們可以開發出一種為人們提供各種資訊的軟體，讓每個人每天只要打開電腦，上網就要打開它，那麼我們的成功將會超越現在任何一家ＩＴ公司。」

馬化龍終於說出此來的最終目的，「我和向西打算明年成立一家電腦公司，名字都想好了，叫『深圳企鵝電腦系統有限公司』，現在還有一些資金的缺口，不知道范董有沒有興趣投資我們的公司？」

范長天雖然認識馬化龍和王向西，卻不是很熟，他也是經人介紹才知道了馬化龍和王向西，對他們的情況不是十分瞭解。聽他講完他們的故事和來歷後，陷入了沉默之中。

客廳落地鐘滴答滴答的響聲，一聲聲敲擊在馬化龍和王向西的心上，二人相視一眼，眼中都閃過焦急和不安。

過了好幾分鐘，范長天才緩緩地開了口：「成立一家電腦公司，是繼續開發股霸卡，還是有新的方向？」

「股霸卡雖然不錯，但畢竟局限性太大了，深圳炒股的人多，但放到全國來看，股民並不是很多。而且從以後的發展趨勢分析，股霸卡早晚會被淘汰。因為以後一旦網路普及，就可以直接在網上看盤，就不需要股霸卡了。」王向西接過話題，他比馬化龍語速要快一些，「所以化龍和我想開發一款即時通訊的軟體，等以後網路普及了，人人電腦上都會裝上我們的即時通訊軟體，因為聯絡和社交是現代人最需要的東西。」

「即時通訊軟體……是什麼？」

范長天糊塗了，無法理解王向西所說的即時通訊軟體是什麼東西。

「就是通過網路可以聊天的軟體，現在國外有一款軟體叫ＩＣＱ，但ＩＣＱ對中文作業系統的支援不夠完善，又沒有中文版本，還有許多不理想的地方，所以我們打算仿傚ＩＣＱ，開發一款符合中國人習慣的通訊軟體，肯定可以成功。」

范長天近年來見多了想要創業的年輕人，他們充滿激情，對自己的想法和創意信心十足，彷彿只要給他們一百萬的創業基金，他們在三五年內就可以創造出幾億甚至十幾億的產值，完全就是不經大腦信口開河式的吹牛。年少輕狂可以原諒，但輕狂到無知和狂妄的地步，就是傻子了。

如果說一開始范長天因為馬化龍是股霸卡的作者之一，還對馬化龍和王向西有幾分好感的話，等他聽到王向西想要開發一款完全沒有市場前景的什

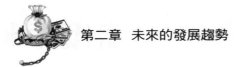

麼即時通訊軟體後，他對馬化龍和王向西的好感頓時降到最低點，覺得眼前的兩個年輕人也是被所謂的互聯網大潮沖昏了頭，卻不知道，互聯網大潮不是真正的潮流，只是一陣狂風罷了。狂風來得快也去得快，狂風過後，會是一地雞毛，一片狼藉。

即時通訊軟體是什麼鬼？范長天心中譏笑加冷笑，現在的年輕人想法真是大膽前衛又超前，現在有多少人有電腦有手機？有事要聯絡，打一通電話或透過傳呼機就好了，誰會傻傻地打開電腦、連上網、再打開什麼即時通訊軟體進行聯繫，不是多此一舉嗎？

生活中的許多發明都是以便利和便捷為出發點，即時通訊軟體卻要反其道而行之，別說有什麼大好前景，完全就是異想天開的想法，結果只能是死路一條。

「我不看好即時通訊軟體的前景。」范長天已經完全沒有再交談下去的興趣，他站了起來，做出送客的姿態，冷冷地說：「今天我有點累了，就先到這裡吧。」

馬化龍和王向西面面相覷，一臉愕然，范長天說變臉就變臉，剛才還好好的，怎麼一轉眼就結束談話了，連迴旋的餘地都沒有？

不管馬化龍和王向西是怎樣的不解，卻也只能無奈地接受現實，在范長天面前，他們沒有任何討價還價的資格。

「謝謝范董百忙之中抽出時間，打擾了。」馬化龍禮貌地和范長天握了握手，和王向西一起黯然走出范家別墅。

站在范家別墅的門口，此時華燈初上，微風陣陣，社區內的路燈依次點亮，遠遠近近，就如夢幻就如夜空的星辰。周圍花香瀰漫，加上夜空上的一輪明月，頗有如詩如畫的意境。

可惜的是，馬化龍和王向西的心情跌落到了谷底，良辰美景激不起他們一絲興趣，只覺得眼前一片灰暗。

「太難了，」馬化龍搖搖頭，沮喪地說：「向西，要不我們別做什麼即時通訊軟體了，還是繼續炒股算了，省心又省事，雖然賺不了大錢，至少也比上班強多了。」

「不能灰心，化龍，想想馬朵在開翻譯社的時候，用了三年的時間才扭虧為盈，我們才剛剛開始，不能才遇到一個小挫折就退縮。」

王向西深吸了口氣，忽然心情舒暢許多，「越是艱難，越說明我們走對了，好走的路往往才是絕路。碰壁了，我們更應該鼓起勇氣大步向前，要讓范長天知道他錯了，等我們成功的一天，他就算拿著資金主動來投資，我們也不要，讓他追悔莫及。」

「哈哈，說得好。」馬化龍的心情也好了幾分，忽然想起一個環節，「對了，你說的那個商深，什麼時候約見一下？」

「人在北京呢，除非我們去北京見他。」

「值嗎？」

「值。」王向西十分肯定地點頭，「商深是近年來不可多得的電腦高手，如果我們想做好即時通訊軟體，他是必不可少的一個環節。」

「好，等過幾天抽出時間去北京一趟，我親自和他談談，順道看看在北京能不能找到投資人。現在向落的公司營運狀況也不太好，聽說張向西明年也想進軍互聯網，想在現在的八達利方論壇的基礎上成立一家類似愛特信和絡容的網站，目前除了馬朵在互聯網上有賺錢外，還沒有網站真正贏利的，向西，你說我們現在進入ＩＴ行業，是太早還是太晚了？」

「不早不晚，剛剛好，恰逢其時。」王向西對未來充滿了信心，「走，這裡的別墅雖然奢華，但早晚會成為過去，明天屬於我們。」

說話間，二人沿著社區的瀝青路向外走，走不多遠，迎面走來一男一女，男的英俊女的漂亮，二人牽手而行，顯然是熱戀中的情侶。

雖然有路燈，但社區的路燈不太明亮，王向西並未在意，只下意識看了對方一眼就收回了目光。等走出很遠，他才恍然覺得似乎哪裡不對，回頭再看時，一男一女已經消失在拐角處。

「怎麼了？」馬化龍注意到王向西的異常，「熟人？」

「好像是在飛機上遇到的小夥子，沒看清。」

王向西努力回憶著，剛才雖然只是掃了一眼，他卻可以肯定剛才那對男女中的男性就是他在飛機上遇到的見義勇為的小夥子。

「偶然遇到的一個人，你怎麼記得這麼清楚？」馬化龍微感詫異。

「他很勇敢，總之，我只見了他一面就對他印象很深。」王向西搖搖頭，笑了。

「剛才的人，好像是王哥。」

王向西沒有看錯，剛才和他擦肩而過的正是商深和范衛衛，商深的餘光也掃到了王向西，一時沒反應過來，等到了范家門口才回過味來。

「哦。」范衛衛心不在焉地回了聲，她現在除了和商深即將的分離之外，對任何事情都漠不關心。

剛才散步，商深注意到范衛衛的異常，在半個多小時的散步中，她幾乎一言不發，和以前的活潑可愛判若兩人。儘管嘴上不說，他也大概猜到了什麼，范衛衛多半是遇到家庭的阻力。商深不想讓范衛衛夾在他和她的爸媽之間過於為難，他已經想好了下一步。

「明天一早我就去賽格找工作，順利的話，也許當天就可以找到一個收入豐厚又提供食宿的工作。不要擔心我，衛衛，你要相信我的能力，像我這麼厲害的人，不管走到哪裡都無法掩蓋我驚人的光芒。」

商深有意緩和一下氣氛，逗范衛衛開心。

范衛衛卻只是勉強一笑：「我有點累了，先睡啦，你也早點休息。」

「嗯。」商深點點頭，目送范衛衛上樓而去。

「小商，你來一下，我有話要和你說。」商深正要上樓時，卻被范長天叫住了。

商深坐在范長天對面，正想聽范長天要說些什麼時，傳來清脆的高跟鞋聲音，許施也下來了。看陣勢，兩人是要對他進行圍攻了，商深吸了口氣，做好應戰的準備。

「商深，你真的打算留在深圳了？」許施翹起二郎腿，斜視商深，眼神中閃過居高臨下的審視意味，「我可要和你當面說個清楚，你留在深圳，是你自己的選擇，和衛衛無關，不要想著你是為了衛衛才留在深圳，總想讓衛衛欠你一份人情。」

「阿姨，」商深想到他從八達出來後在樓下的決定，想起了和馬朵促膝談心時的快意，如果僅僅是為了證明自己的能力而非要在深圳落腳，那就違背了自己的初衷，他瞬間有了答案。

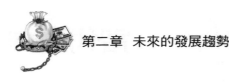

「我來深圳只是看望衛衛，是兌現自己的承諾，因為我答應過她要來深圳，所以我來了。來了之後，我發現深圳並不適合我……」

范長天表情微動，許施則是一臉愕然，不相信地瞪大了眼睛：「商深，你的意思是，你不會留在深圳？」

「我會回北京。」想起北京的張向西、仇群以及馬朵，想起北京的大氣和文化底蘊，商深愈加清醒地認識到一個事實，相比深圳的浮躁和淺薄，他更喜歡北京的沉穩和厚重，他覺得他還是更適合在北京發展。

「好呀，北京好，深圳的節奏太快了，你適應不了；而且深圳對人才的定義更苛刻更嚴格，在北京也許可以吃得開，在深圳可能連飯都吃不上。北京到底是內地城市，和沿海的發達城市沒法比，除了是首都之外，真的和深圳差太多了。」

許施語氣輕蔑表情輕視，彷彿她是高高在上的女王，俯視如螻蟻一般的商深。

「阿姨，您是機關事務局的處長吧？」

「是，怎麼了？你爸媽都是農民吧？」許施輕哼了一聲。

「我爸媽都是傳統的農民，他們連北京都沒有去過。但我爸經常對我說，北京有北京的好，但也有不好的地方，北京到處是官，什麼處長局長，天下隨便掉下一塊磚頭，就能砸中兩個局長五個處長……」商深克制心中熊熊的怒火，語氣平和地道。

許施的臉驀然紅了，商深繞了一個大圈，原來是諷刺她的官小，她頓時怒道：「你懂什麼，實權的處長和虛銜的處長，能相提並論嗎？」

「阿姨說得對，一個有上千年傳承的古都，每一塊磚每一棵樹都有說不完的故事，確實和一個只有十幾年歷史的小漁村不能放在一起比較。」

「爭論這些沒有意義，一方水土養一方人，各有各的優勢，只要適合自己就好。」范長天出面了，「小商，你真的決定要回北京？不在深圳再尋找發展機會了？」

「不了，我決定的事不會再改變。」商深鄭重地說，「明天我和衛衛商量一下，如果沒什麼意外的話，明天我就回北京。」

「希望你前程似錦。」范長天一臉笑意，「衛衛畢業後就會出國。如果三年後你事業有成，而衛衛也學業有成，到時你們再重逢的話，也許就有自己決定自己命運的能力。」

商深心中說不上來是什麼感覺，有幾分悲哀幾分無奈，也有幾分悲憤，他很清楚，和許施一樣，范長天表面上說得好聽，其實也是巴不得他趕緊離開深圳，離開范衛衛，至於他以後怎樣，全然不在他們的考慮之內，反正只要他和范衛衛分開，他們就滿意了。

說到底，他們還是嫌棄他的出身不好，嫌棄他現在一無所有。為了揚眉吐氣，也為了以後有足夠的本錢和范衛衛平等地站在一起，商深決定回北京創業，他不信憑他的能力和眼光，不能打出一片天地，並且擁有富可敵國的財富！

回到房間，商深全無睡意，推開窗戶，讓潮熱的風吹進房間，不但沒有感覺到涼爽，反而更煩躁了幾分。

遠望深圳的夜景，高樓林立，燈紅酒綠，拜金主義盛行。錢是好東西，但人活著不能只為錢，否則就淪為金錢的奴隸。人要有理想，人活著不僅僅是物質享受，還有精神追求。回北京後，他要自己創業，相信以他在電腦上的天賦，他可以成就一番了不起的事業。

儘管他喜歡范衛衛，但喜歡一個人並不一定非要事事遷就，更何況如果沒有事業，沒有成就，就算范長天和許施同意他和范衛衛在一起，他也無法給范衛衛幸福。

明天就回北京，商深關上窗戶，做出了最終的決定。他忽然無比期待明天的到來。

也不知睡了多久，傳來輕微的敲門聲。商深迷迷糊糊地睜開眼睛，發現天還沒有亮，看看手錶，凌晨三點多。

是做夢還是聽錯？翻了個身，商深繼續睡覺，敲門聲卻再次響起。

他一翻身跳下床，打開門，朦朧的燈光下，范衛衛站在門口，抱著一個玩具熊。她穿著睡衣，睡衣很短，剛剛好蓋住臀部，裸露在外的大腿，修長而筆直，迷離的雙眼，楚楚可憐的表情以及半張半合的嬌艷紅唇，在深夜時分，勾畫出一幅令人目眩神迷的誘人畫面。

「衛衛……」

商深嚇了一跳，范衛衛怎麼跑到他夢裡來了，而且還穿得這麼誘人，不對，是他夢遊還是范衛衛夢遊，也不對，揉揉眼，他清醒了過來，他還沒有回北京，現在還是在范家。

不行，范衛衛深更半夜又這身打扮來他的房間，萬一被范長天和許施發現，他怎麼解釋也說不清了，連忙把范衛衛拉進房間：「你這是幹什麼？」

「我……」范衛衛扔掉玩具熊，撲到商深的懷中，心中的壓抑和委屈傾洩而出，嚶嚶地哭了起來，「我辜負了你，對不起商深，真的對不起。」

商深撫摸范衛衛的秀髮，輕聲安慰著：「別哭了，衛衛，你沒有辜負我，是我自己想好要回北京的，不怪你，真的。」

「不是的，不是的。」范衛衛連連搖頭，「我知道是爸媽逼你的，我媽以生病為由，要求我必須陪她出國，我實在是沒有辦法不答應她。商深，我會等你三年，三年之內，我不會接受任何人，只一心等你，我向你保證。」

感受到懷中范衛衛滾熱的身軀和她痛徹肺腑的心聲，商深無法抑制內心的悲愴，用力抱緊范衛衛，吻著她臉上的淚水：「我也會等你，衛衛。」

范衛衛深情地回應著商深的親吻，彷彿要將自己的身體和商深的身體融為一體。商深也被范衛衛的熱情感染了，被范衛衛推動，站立不穩，步步後退，一下倒在床上，被范衛衛順勢壓在了身上。

「商深，我願意……」范衛衛在即將別離的傷感之下意亂情迷，輕聲呢喃道。

商深翻身將范衛衛壓在身下，手伸進她的睡衣內，觸手之處，滑膩柔軟而又彈性宜人，陣陣體香襲來，身體立即有了生理反應。

此刻，商深差一點就在荷爾蒙的刺激下失去理智，做出不應該做的事，忽然腦中閃過一個強烈而執拗的念頭——如果他要了范衛衛而范衛衛最終不能嫁給他，他會一輩子無法心安！

商深是個觀念傳統的人，他的原則是，如果他不能娶她，便絕對不會和她上床！這是對對方負責，也是對自己負責。

房間內沒開空調，二人滾在一起，又激情四射，大汗淋漓的商深卻頭腦格外冷靜，他翻身坐起，拉起范衛衛，打趣說：「現在是夏天，天氣太熱了，如果是冬天兩個人抱在一起取暖那才叫浪漫，現在嘛，就叫燒包……」

范衛衛臉上紅暈未退，被商深的話逗樂了，激情迅速退卻：「只要和你在一起，管他燒包還是燒烤，我都願意。」

想起剛才的一幕，她低下頭，面紅過耳，「謝謝你商深，剛才我太衝動了，你別笑我，聽到沒有？如果你拿剛才的事情笑話我的話，哼哼，我要你好看！」

「我本來就很好看了，你還想要我怎麼好看？」商深嘿嘿一笑，下意識向門口望了一眼。

「門外沒人，爸媽都在二樓。」范衛衛猜到商深的心思，吐著舌頭。

「我怎麼剛才隱約聽到門口有動靜？」商深不是嚇唬范衛衛，而是他確實似乎聽到門口有輕微的聲響。

「真的假的？你別嚇人。」

范衛衛也嚇到了，忙跳下床，躡手躡腳來到門口，俯在門上聽了片刻，然後猛然拉開了房門。門口空空蕩蕩，除了小夜燈發出的微弱燈光外，哪裡有什麼人影。

「真是的，自己嚇唬自己。」范衛衛嗔怪地白了商深一眼，坐回到商深身邊，「你抱著我睡好不好？不過事先聲明，你不許胡來。」

「好。」商深一口答應，抱著范衛衛躺在床上，雖然溫香軟玉撲滿懷，心中卻沒有半分雜念，就如抱著一塊美玉。只是美玉雖美卻易碎，就如美夢雖好卻易醒。不知何故，商深心中忽然湧出一片悲涼，彷彿過了今晚，他就再也無法和范衛衛相擁相眠了一樣。

「我明天回北京……」

「嗯。」范衛衛雖然不捨，卻也知道再多留商深也是無用，她微閉雙眼，淚水悄然滑落。

「你什麼時候出國？」

「估計一個月內。」

「什麼時候回來？」

「不知道。」范衛衛的聲音如夢如幻，近在耳邊卻又遠在天邊。

懷中的范衛衛沉沉地睡去，商深卻再無睡意。

第三章

錯的只是命運

計程車朝機場進發，商深心靜如水，他不恨范衛衛，
也不恨范長天和許施，沒有錢不是他的錯，看不起他，
不敢讓女兒跟他賭明天，也不是范長天和許施的錯。
但一切到底是誰的錯呢？也許誰也沒錯，錯的只是命運。

商深沒有聽錯，剛才門外確實有人，而且還不是一個人，是兩個人。

范長天和許施一直沒有睡下，二人躺在床上說話。

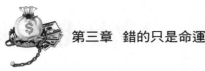

「今天馬化龍和王向西想讓我投資他們的公司，我拒絕了。」范長天靠在舒適的真皮床頭，穿一身花格子睡衣，「現在的年輕人，真是異想天開，說是要推廣什麼即時通訊軟體，卻不想想什麼事直接發簡訊打電話多方便？一台電腦一萬多，上網費用又那麼高，什麼人會為了裝個即時通訊軟體去買一台昂貴的電腦，再用慢得像蝸牛一樣的網路進行聯繫？」

許施完全贊同范長天的觀點：「是啊，想想電視普及用了多少年？電腦想要普及，我看至少需要二十年。更別說互聯網得要多少年了？你不投資他們的公司是對的，如果投資了，絕對大賠特賠。」

「不談他們了，沒意思。」范長天搖搖頭，「說說商深吧，我覺得我們對商深是不是太苛刻啦？」

「苛刻？讓他住家裡就不錯了，他長這麼大，還沒住過這麼好的房子吧？商深學的是什麼資訊系統工程專業，以後頂多就是賣賣電腦和軟體，能有多大出息？」

許施想起商深還敢和她針鋒相對就氣憤難平，「他和衛衛差距太大了，不對他苛刻些，萬一他一直對衛衛有想法怎麼辦？就是要讓他幻想破滅，認清自己的位置，從哪裡來回哪裡去。哎呀不好，趕緊起來，別出事才好……」

范長天嚇了一跳：「怎麼啦？」

「他住家裡，萬一晚上摸到衛衛的房間怎麼辦？」許施下床，催促道：「別睡了，趕緊和我一起看看去。」

范長天頓時睡意全無，二人輕邁腳步，小心翼翼來到范衛衛的房間，發現范衛衛的房門虛掩，二人大驚失色，推門一看，裡面空無一人。二人知道出事了，忙上樓來到商深的房間，聽到房中傳來商深和范衛衛激情的聲音，許施勃然大怒，正要推門進去，卻被范長天阻止了。

范長天考慮得比許施周全，是女兒主動來商深的房間，如果貿然進去，難堪的不是商深而是他們，也會讓女兒無地自容。思忖片刻，他決定按住性子，暗中觀察一下，如果商深真的對女兒怎樣，再及時推門進去也不遲。

結果在最後關頭商深自己收手了，最後聽到女兒和商深的對話，范長天長舒了口氣，拉著許施下樓回房。

「為什麼不讓我進去？」許施不解范長天為什麼阻止她，「不能讓他們睡在一起，年輕人把持不住，出事了怎麼辦？」

「不會，我相信商深，也相信女兒。」

范長天感慨商深這樣的年紀，竟有這樣的克制力和定力，實屬難得。

「不讓你進去，是為女兒留個餘地，也為我們自己保留臉面。你怎麼就不明白呢，是女兒主動去商深的房間，我們進去，讓女兒情何以堪？如果商深說是女兒主動投懷送抱，你怎麼應對？」

許施無話可說了：「氣死我了，衛衛都是讓你慣的，一個女孩子家不知羞，主動送上門去，真是丟死人了。」

「好了，好了，以前我們對她管教得嚴，她高中和大學都沒有談戀愛，第一次喜歡一個人，我們又強行讓他們分手，她不顧一切的心情也可以理解。不過你大可放心，商深是個好孩子，他不會再碰衛衛的。明天他走的時候，我會送他一份大禮。可惜啊，如果這孩子稍微有點出身，學的又不是什麼電腦專業，我還真有點喜歡他了。」

「不行，說什麼也不能讓衛衛和他在一起，我就是不喜歡他明明什麼都沒有卻還一副很自信的樣子，自信有什麼用？如果自信就能成功，世界上全是富人了。」

許施對商深的成見太深，想讓她改變對商深的看法比登天還難。

商深擁著范衛衛青春美好的身體，漸漸進入夢鄉，睡得很是香甜。

睜開眼時，懷中已經空無一人，不知何時范衛衛已經走了，只有枕上的香氣和一根長髮提醒他昨夜佳人入懷並且黃粱一夢的事實。

收拾好行李，商深下樓，早飯已經擺好，很豐盛。只是面對范長天深不可測的笑容以及許施冰冷的面孔，他一點胃口也沒有，勉強吃了幾口。

飯後，范長天拿出一個信封，信封很鼓，裡面裝滿了現金。

「商深，感謝你對衛衛的照顧，這點錢你拿上，別客氣，也別嫌少，是我們的一點心意。」范長天將信封推到商深面前。

范衛衛的臉色瞬間變了，她知道商深的脾氣，爸爸送錢，商深肯定會當成是對他的施捨，商深是一個不會接受別人施捨的人。

不料，商深只是微一推辭就收下了：「這怎麼好意思？不過既然是范伯伯和阿姨的一番心意，我要是不拿就太矯情了，謝謝范伯伯和阿姨，我收下了。」

拿過信封，商深還有意抽出厚厚的一疊大鈔看了眼，然後喜笑顏開地裝進了口袋。

許施頓時一臉鄙夷之色，再看商深時的眼神，就如看一個要飯的叫化子一樣。商深裝作沒看見許施的臉色，說了幾句客氣話，背起行李走出了范家的別墅。

范衛衛心裡無比難受，商深越是若無其事，她越覺得對不起商深。跟在商深身後，她想說什麼，卻又不知道從何說起。

「我送你去機場。」范衛衛拉了拉商深的衣服，「你生氣了？」

「沒有。」商深笑了笑，深圳確實是個氣象萬千的城市，但並不適合他，「不用麻煩了，送君千里，終有一別，我自己去機場就行了。」

「騙人，你還是生氣了。」范衛衛心情低落，「真的對不起商深，害你白來一趟深圳。三年，三年後不管你是貧窮還是富貴，不管你是健康還是疾病，我都會不惜一切代價和你在一起，哪怕爸媽再反對也沒用。你若不離不棄，我必生死相依！」

商深抱了抱范衛衛：「我也會等你三年。」

「拉鉤發誓，一百年不變。」范衛衛伸出小拇指。

商深的拇指鉤住了范衛衛潔白如玉的小拇指。

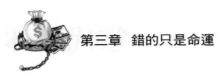

陽光很大，曬得商深有幾分頭暈目眩，他拉著范衛衛來到樹蔭下面。樹蔭下，有一個老婦人呆坐在地上，老婦人衣衫襤褸，目光呆滯，雙眼深陷，看樣子有幾天沒吃飯了。商深買了水和食物，老婦人喝了水吃了些東西後，才慢慢有了力氣。

通過交談得知，老婦人的兒子是第一批來深圳工作的人，因工作意外喪生後，骨灰就留在了深圳。老婦人積攢十年，好不容易終於湊夠路費來到深圳，沒想到還沒有看到兒子的墳頭，身上的錢就被小偷偷走了，因而淪落街頭，十分可憐。

范衛衛的眼睛濕潤了，伸手從包裡翻錢，卻晚了一步，商深拿出范長天給他的那個信封交到老婦人手中，「老人家，回家吧。」

老婦人驚呆了，從信封裡面抽出錢，一見這麼多，嚇得要還給商深：「不要，不要，太多了，太多了。」

「收下吧，老人家，向您和您的兒子致敬！」

商深的話發自真心，在城市的建設中，有太多人付出了青春熱血甚至是生命的代價，卻沒有得到應有的回報和尊敬，這也是在過度追求建設速度的過程中留下的遺憾。

「謝謝，謝謝。」老婦人拿著厚厚的一疊錢，她一輩子都沒有見過這麼多錢，不知道該說什麼好，掙扎著起來要向商深磕頭。

商深不等老婦人起身，朝老婦人點點頭轉身走了。

當時他毫不猶豫拿走范長天的厚禮，並非是出於貪財，他雖然也愛錢，但一向信奉君子愛財取之有道的理念，對於別人無償的給予一概不要。但他對范長天和許施以財取人的做法十分不滿，就故意拿了范長天的錢，想在合適的機會送給最需要的人。現在這筆錢可以讓一個飽經歲月風霜和磨難的老人踏上回家之路並且安度晚年，也算是善盡它的最大價值了。

商深招手攔了輛計程車，上了車，「你回去吧，省得你爸媽再多想。我沒事，真的，總有一天我還會再回深圳，到時就應該不是現在的樣子了。」

「嗯，我會一直等你。」

范衛衛的淚水滾滾滑落，她很想送商深去機場，卻又怕到了機場她會控制不住自己的情感，只好向商深揮手再見，黯然回家。

「衛衛，商深走了？走了好，深圳不適合他，他也適應不了深圳的快節奏生活。還有，他根本是個見錢眼開的窮小子，你看剛才你爸給他錢，他馬上就收了，難道你還沒有看清他的為人嗎？」

許施對剛才商深拿錢幾乎沒有猶豫的樣子很是鄙夷，窮人就是窮人，在面對鉅款時的貪心是掩飾不住的窮酸。

范衛衛眼中全是不滿和不屑：「商深把錢給一個孤苦老人了，他替你們做了善事！」一話說完，便上樓而去，沒再多看許施一眼。

許施震驚得目瞪口呆，不是吧，一萬塊說給人就給人，商深也太大方了吧？這筆錢，省吃儉用的話，足夠他在北京三五年的生活費了。這個商深，到底是真傻還是犯賤？

范長天聽了，卻是明白了商深的真實想法，長嘆一聲：「我就說以商深的人品，不至於這麼見錢眼開，現在才知道，他拿錢的時候就有了決定……，我是不是真的看錯他了？」

計程車駛離范家的別墅，朝機場進發，商深心靜如水，他不恨范衛衛，也不恨范長天和許施，沒有錢不是他的錯，看不起他，不敢讓女兒跟他賭明天，也不是范長天和許施的錯。

但一切到底是誰的錯呢？也許誰也沒錯，錯的只是命運。

商深暗暗下定決心，他要不惜一切代價為成功而努力，有朝一日揚眉吐氣地站在范長天和許施面前，讓他們親眼看到他的成功，讓他們知道，一個人不管出身如何，只要努力拼搏，只要有一顆鍥而不捨的上進心，就一定可以獲得成功。

走到半路，忽然手機響了。商深正在思索回到北京後是創業還是加入八達，想得入神時，被突如其來的電話打斷了思路。

「你好，我是商深。」

「商深，我是徐一莫。」

徐一莫？商深這才想到他只顧沉迷在自己的情傷中，完全忘了徐一莫和崔涵薇還在威尼斯酒店呢。

「怎麼了？」

「你在哪裡呀，能不能現在過來酒店一趟，我和薇薇有事想請你幫忙。」徐一莫的聲音透露出幾分焦急，「是非常緊急的事情。」

「好，我馬上過去。」

商深本來想說他都快到機場了，但話到嘴邊又咽了回去，他可以對一個素昧平生的老人施以援手，難道對認識的徐一莫和崔涵薇卻袖手旁觀不成？

「太好了，我和薇薇等你。」

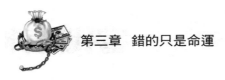

半個小時後，商深趕到酒店，徐一莫和崔涵薇已經在門口等候多時了。

見商深帶著行李，崔涵薇先是一愣，隨後臉上露出恍然之色，取笑道：「怎麼，被范家趕出來了？不是吧，你和范衛衛不是好的不得了，她怎麼會不讓你住在家裡了？」

商深早已習慣崔涵薇的毒舌，笑了笑：「我和衛衛的事沒必要告訴你。說吧，出什麼事了？」

崔涵薇臉色一變，想說什麼，卻被徐一莫搶了先。

「在外面說話不方便，先回房間。」徐一莫一把拿過商深的行李，上樓而去。

第一次見識總統套房的商深，也被總統套房的豪華驚呆了，欣賞一番之後，他大馬金刀地坐在沙發上發出了由衷的感慨：「大丈夫生當如是。」

「可惜你也住不起，只能沾范衛衛的光。你的意思是，大丈夫生來就應該當小白臉？」崔涵薇嘲諷地說，想起昨晚商深住在范衛衛家中，也不知道兩人發生了什麼沒有，她就心裡彆扭。

商深對崔涵薇的冷嘲熱諷視若無睹，見徐一莫遞過來一杯水，也不客氣，接過一口喝下，讚道：「還是一莫有眼色，遍看北京花，還是一莫好。

一莫，找我什麼事？」

徐一莫喜笑顏開地說：「商哥，你嘴可真甜，我還以為你是一塊木頭呢。找你當然有重要的事，否則也不敢隨便請動你這個超級電腦高手啊，對不對？」

商深擺擺手，示意徐一莫直接說重點，徐一莫會意，「是這樣的，我陪薇薇來深圳和一家公司談合作，本來說好今天中午見面，對方卻突然改成了晚上見面。」

商深大概猜到徐一莫想說什麼了，伸手阻止徐一莫繼續說下去，轉頭問崔涵薇：「你們是想讓我陪你們去和對方談判？怕兩個女孩去會吃虧？」

崔涵薇暗讚商深一點就透，點點頭：「去了肯定要喝酒，我和一莫酒量都不行，萬一被人灌醉……」

「你們在深圳又不認識別人，只認識我，所以就想到了我，對吧？」商深接口，語帶保留地說：「我其實已經要回北京了，如果要幫你們的話，得特別留下來……」

崔涵薇聽出商深的話外之音，臉色微微一變：「你想要多少？」

「上次在火鍋店你打了一個欠條給我，還欠我五千塊沒有還。」商深點到為止。

「什麼，你還想要五千？」

崔涵薇氣壞了，一把拉起商深，「沒見過你這麼見錢眼開的人，你可以走了，我們從此互不認識，互不相欠。」

商深作勢背起行李：「互不認識沒問題，但互不相欠做不到，你欠我五千塊還沒有還，別想賴賬。」

徐一莫伸開雙臂攔住了商深的去路：「商哥，好商量嘛，你人這麼好，肯定不會見死不救吧？萬一我和薇薇被人灌醉，最後發生什麼讓人後悔都來不及的事，你良心上也過不去是不是？這樣吧，兩千塊怎麼樣？」

「兩千就兩千，我是好人，不會漫天要價。」商深見好就收。

其實他之所以開口要錢，是要故意氣一氣崔涵薇。畢竟認識一場，而且他對徐一莫頗有好感，就算討厭崔涵薇，也不會袖手旁觀的。

崔涵薇雙眼一瞪，還想和商深理論幾句，徐一莫卻搶在前面，「好，我打欠條給你。」

「我來吧。」崔涵薇不好意思讓徐一莫出面，畢竟是她的事，她拿過紙筆，刷刷幾下寫好欠條交給商深，「好，前前後後一共欠你七千，等回北京一次付清。」

商深接過欠條，看也未看，收進口袋，道：「晚上才去是吧？現在還有大把的時間，反正也沒事，我去一趟賽格。」

「我也去。」徐一莫舉起手，叫道：「等我一下，我去換衣服。」

「你不去？」商深斜著眼，故意挑逗崔涵薇。

「當然去，幹嘛不去。」崔涵薇本來不想去的，商深一說，她反倒來了興趣。

等了足足有十分鐘，崔涵薇和徐一莫才打扮好，崔涵薇化了淡妝，徐一莫卻是未施脂粉，本來二人穿得很正式，徐一莫換了身淡黃色洋裝，崔涵薇則穿了件淺藍色短裙。

淡黃色洋裝襯托得徐一莫更如蘭花般清新脫俗，配合深藍色的腰帶，不由讓商深想起了一首詩——我愛幽蘭異眾芳，不將顏色媚春陽。西風寒露深林下，任是無人也自香。崔涵薇的短裙則為她增添了幾分颯爽英姿，如亭亭淨植的蓮花，可遠觀而不可褻玩。

女孩子就是麻煩，商深搖了搖頭，想起范衛衛總是素顏天然的美麗，又是多了幾分思念。

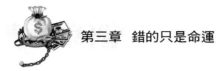

賽格電子市場位於被譽為深圳「鑽石寶地」的交通主幹道深南中路與華強北路的交匯處，面積近五萬六千平方米，店鋪數量高達三千多個。站在市場門口，仰望一柱擎天的大樓以及樓下人流如織的熱鬧景象，商深忽然生發出一種風雲際會的豪邁。

時代造英雄，儘管范長天對互聯網的前景並不看好，但商深還是堅持他的信念——電腦和互聯網終有一日會影響到每一個人的生活，並且人人都離不開電腦和網路。

「商哥，你和衛衛沒事吧？」

徐一莫雙手插在裙子口袋裡，走路的時候很有模特兒的派頭，邊走邊關心商深的八卦。

「沒事。」商深不想多說他和范衛衛的事，他來賽格，也不是想找一份可以留在深圳的工作——他既然決定要回北京就不會回頭——而是想瞭解一下作為國內知名的電子市場之一，賽格和中關村到底有什麼不同。

「肯定有事。」崔涵薇才不信商深的話，斜了商深一眼，嗤聲道：「很明顯是你被趕了出來，我很可憐你，商深，男人就應該拿得起放得下，而不是故作輕鬆。」

「不勞您關心。」商深不冷不熱地回應崔涵薇，他的目光被旁邊的ＩＢＭ專賣店吸引了，ＩＢＭ專賣店既賣ＩＢＭ電腦，也同時出售各類軟體。商深看到各種最新款的筆記型電腦擺放在一起，見獵心喜，忙走了進去。

徐一莫眼睛轉了轉，商深和范衛衛肯定有什麼不對，這正是撮合崔涵薇和商深的好機會，她不能錯過。這麼想著，她便悄悄落在商深和崔涵薇的身後，拿出電話打給了范衛衛。

「衛衛，是我，徐一莫，謝謝你的盛情招待，總統套房實在太舒服了，我長這麼大還是第一次住呢，我對你的感激就如滔滔江水連綿不絕。」

先是免費奉送一番人人愛聽的好話，徐一莫這才言歸正轉，「商深呢？麻煩你讓他接一下電話，我有事請他幫忙。」

范衛衛此刻正在家裡收拾行李，原以為還要過一段時間才出國，不料商深才走，媽媽就說一周內隨時都可以出國，她就知道媽媽是鐵了心要拆散她和商深。

范衛衛的性格是柔中帶剛，加上青春期都有反叛心理，見媽媽如此急迫地讓她和商深分開，在心中暗暗發誓，有朝一日她只要有能力脫離媽媽的掌控，她一定會衝破一切阻力和商深在一起，一定！

接到徐一莫電話時，她正沉浸在對商深的思念之中，愣了愣才反應過來：「不用客氣，舉手之勞的小事。商深已經回北京了，你直接打他的手機好了……你找他有什麼事？」

如果只是徐一莫找商深，范衛衛還沒有什麼想法，但聯想到徐一莫和崔涵薇在一起，她立刻有了提防之心：「是不是崔涵薇有事要商深幫忙？」

徐一莫敏銳地捕捉到范衛衛話裡對崔涵薇的提防，輕笑一聲：「不是涵薇找他，是我找他幫忙。也沒什麼大事，是電腦上的小事。算了，既然他已經走了，以後再說吧。對了，商深不是要在深圳待一段時間嗎，怎麼才來就回北京了？」

若論言語機鋒，范衛衛未必不是徐一莫的對手，只是現在她方寸已亂，故而沒有留意徐一莫話中不著痕跡的試探。

「有突發事件，他必須回去……還有事嗎？」

聽出范衛衛不想多談論商深的話題，徐一莫更加肯定了自己的猜測，小心翼翼地打探道：「你們還好吧？沒事吧？」

「沒事，挺好的。」范衛衛淡淡地回應徐一莫。

儘管范衛衛語氣很平靜，卻還是讓徐一莫嗅到了一絲情變的味道，掛上電話，她抬頭看著並肩站在一起很是般配的商深和崔涵薇一眼，得意地笑了。她可以斷定，范衛衛和商深之間絕對出現了導致二人不愉快的事。

商深和崔涵薇都沒有發現徐一莫打電話，二人正在以一台筆電展開熱烈的談論。

「你很喜歡電腦？」崔涵薇雙手放在一台ＩＢＭ筆電的鍵盤上，試了幾下手感，「我送你一台，你要不要？」

商深摸摸鼻子，「不要，無功不受祿。」

「如果我成立一家專門在網上銷售電腦、軟體的公司，邀請你加盟，不但讓你擔任總經理，還給你股份，再外加送你一台筆電，你有興趣嗎？」

崔涵薇暫時忘記她和商深之間所有的不快，把心思放到事業上，商深是個巨大的未經開採的寶藏，一旦開採，就會釋放出無限的能量，如果把他放對位置，他絕對可以大放光芒，創造驚人的價值。所以崔涵薇從實際點出發，丟掉個人情感因素，希望商深可以和她合作。

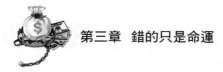

「我不太想賣硬體，我想做軟體。」

商深的夢想是改寫ＩＣＱ，這是受徐一莫的啟發，對於銷售硬體，他興趣不是很大。

如果說來深圳前，商深對未來的規劃還只停留在找一份高薪工作而已，那麼深圳之行徹底改變了他的想法，替別人工作終歸只是打工者，不能掌控自己的未來和命運，他想要的是創業，做自己最喜歡做的事。因此，崔涵薇的提議讓他大為動心。

「軟體？」

親眼見識過商深動手拆裝筆電的崔涵薇以為商深只是硬體高手，並不知道他在編寫軟體上面的水準有多高，不過看好ＩＴ業前景並且對ＩＴ產業十分瞭解的她，立刻說：「沒問題，只要你有程式設計方面的才華，我會給你施展才華的平臺。不過我不確定你到底會不會程式設計？」

商深在中關村聲名大噪的事，崔涵薇並不知情，並不是她不關注業內動態，而是最近她忙於公司的轉型和重組，心思全在公司的事務上，以至於連八達的中文處理軟體是商深修復的轟動消息都不得而知。

商深笑了笑，沒有正面回答崔涵薇的問題，他端詳了幾眼面前的ＩＢＭ筆電，發現電腦中裝了八達中文處理軟體，出於好奇，他將軟體打開來。

「不要亂動，弄壞了你賠不起！」商深才剛點開頁面，店員崔強就衝了過來，一把推開他，態度十分蠻橫。

長了一臉青春痘的崔強也就是二十歲出頭的樣子，雖然穿的是制服，卻沒有職業精神，擺出高傲的姿態打量著商深，一臉鄙夷之色：「貴重物品，非買勿動。」

崔強也沒有誇大，確實是貴重物品，一台一萬出頭的筆記型電腦的確是奢侈品，更何況商深穿著打扮一看就不是有錢人，他被崔強看不起，也在情理之中。

商深的脾氣溫和，沒有和店員計較，崔涵薇卻不幹了，她最看不慣勢利眼的人，雖然她有時也有以貌取人的毛病。

她上前一步，擋在商深面前，和崔強正面對峙，嗆聲說：「覺得我們買不起是吧？」

「當然啦，一萬多的筆電，可不是什麼阿貓阿狗都可以買得起的。」崔強一臉不屑，「人貴有自知之明，對自己買不起的東西千萬不要亂摸亂動，萬一弄壞了又沒有能力賠，不是自取其辱嗎？」

「如果我買得起呢？」崔涵薇被崔強狗眼看人低的態度徹底激怒了，拿出信用卡，「如果我買了，你要向我們賠禮道歉。」

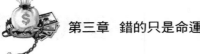

崔強不相信崔涵薇真會買下一萬多的筆記型電腦，正要再理論幾句時，又來客人了。

「我要一套八達中文處理軟體。」是一個衣著光鮮的客人，頭髮梳得一絲不亂，還抹了髮油，油光可鑒，穿一件花格子短袖襯衫。

「劉總！」崔強認識來人，是他們的大客戶，立即扔下崔涵薇和商深，陪著笑臉拿起一套軟體恭恭敬敬地遞了過去，「昨天劉總不是剛買了一套，怎麼今天又要？」

「軟體很好用，再買一套回去送人。」劉總邊掏著錢道：「聽說八達請了一個叫商深的高手修復了軟體，修復之後，真的好用多了。商深是個了不起的人才。可惜聽說他在北京，如果他在深圳的話，我一定請他到我的公司發展，一個月最少給他開三千塊的工資。」

「三千塊？」崔強張大了嘴巴，不敢相信自己的耳朵，他一個月收入才三百多塊，「商深是誰，這麼值錢？」

「商深是誰？」劉總呵呵笑了，「你最近賣出了多少套中文處理軟體？賺了多少錢？」

「大概有上百套吧，賺了一萬多，是所有軟體裡面賣得最好的一套。」

「如果不是他，你一套也賣不出去。」劉總揚了揚手中的軟體，「商深修復了軟體，然後八達才又投放市場。幾天時間據說已經賣出幾千套了，八達最少賺了幾千萬。你說商深是誰？他是八達的救星，也是你的財神。現在深圳的ＩＴ圈子都傳遍了，說商深是繼張向西、馬化龍和王向西後的又一個天才級的電腦高手！聽說商深還替八達解決了印表機啟動的故障！馬化龍和王向西現在到處在打聽商深，想挖商深加盟他們要成立的公司。」

「這麼神啊！」ＩＴ業已經好久沒有出過這樣的頂尖人物了，崔強聽了震驚得無以復加。

另一個震驚當場的是崔涵薇，她用手掩住嘴巴，如看外星人一樣看向身邊的商深。

「他們說的是你嗎？」崔涵薇震驚過後，問了一句連她自己都覺得好笑的話。

「同名同姓。」商深憨厚地笑了笑，不想承認，「肯定不是我。」

「就是他，就是我們的商深。」

徐一莫不知何時站在商深和崔涵薇的身後，她昂著臉，洋溢著與有榮焉的驕傲，「上次一見商深，我就知道商深不是普通人。還是我眼光利，知道商深必成大器，對吧？」

以前徐一莫對商深是好奇多過好感，現在反而是好感大過了好奇，覺得商深可以成為一個很好的朋友，因為商深比她想像中還要厲害許多倍。

「什麼我們的商深？」崔涵薇聽出徐一莫話裡調侃的意味，白了徐一莫一眼，「是別人的商深才對。」

「男朋友和人才一樣，遇到了合適的，別吝嗇你的熱情，要放大你的欲望，施展一切手段去爭去搶。」徐一莫悄然一笑，「商場和情場都是戰場，就算不當不擇手段的壞人，至少也要拿出敢拼敢戰的勇氣，和競爭對手正面一戰，對吧？」

「對個頭！」崔涵薇嘴上這麼說，心裡卻多了幾分甜蜜，心思再次大動。

劉總說完，轉身走了，留下崔強拿著軟體呆呆地站立原地。過了半天才清醒過來，搖頭自嘲道：「偶像，如果我遇到了，也得請他簽名，我最佩服電腦高手了。」

一回頭，見商深等人還沒走，崔強頓時又想起了剛才的不快：「哎，到底買不買，不買就趕緊走人，別影響我做生意。」

崔涵薇一昂頭，就要發作，商深搖搖頭，輕輕一拉，示意她不要和店員一般見識。

「涵薇，走了。」商深不想和一個店員爭執，既沒意義又浪費時間。

崔涵薇本是一肚子火，正要花錢出氣，被商深一勸，她的火氣瞬間冰雪消融，連她都覺得奇怪，自己怎麼這麼聽商深的話？

忽然，商深的手機響了。商深以為是范衛衛來電，一看卻是個陌生的號碼，正要接，徐一莫搶過他的手機，按下了切斷鍵。

「不要接，漫遊費很高的，商深！」

徐一莫也沒把手機還給商深，而是直接關了機，裝在自己的包裡，「你今天的任務就是陪好我和涵薇，別的事情不要想，不要做。」

徐一莫也太霸道了，商深有些無語。

「商深？」

崔強耳尖，聽到徐一莫對商深的稱呼，以為聽錯了，「你就是商深？不對，你也叫商深？」

崔強不相信眼前的人就是剛才劉總口中的絕頂高手。

「他當然……」徐一莫下巴一昂，正要說出真相，卻被商深打斷了。

「同名同姓。」商深朝徐一莫使了個眼色，又朝崔強點頭一笑，一推徐一莫，「走了，別鬧了。」

「我沒鬧，為什麼不讓我說？」徐一莫很是不滿地瞪了商深一眼，「就得打擊一下他這種門縫裡看人的勢利眼。」

崔強搖搖頭，不無鄙夷地冷笑道：「人家商深是電腦高手，你也叫商深，卻是個窮小子，人和人的差距怎麼這麼大呢？還說要買電腦，沒錢裝什麼有錢啊，真是的。」

崔涵薇被崔強的話再次激起了怒火，正要回身和崔強說個明白時，忽然身後傳來一個驚喜的聲音。

「商深，真的是你？」

回頭一看，不遠處站了一人，戴著金絲眼鏡，正一臉驚喜的看著商深。

崔涵薇不認識對方，商深卻認識，他向前一步，握住對方的手：「仇總，你也來深圳了？他鄉遇故知，太好了。」

仇群哈哈一笑：「他鄉遇故知可是人生四大喜事之一呀，我來深圳出差，來之前本想和你聯繫的，卻打不通你的電話。剛才打你的電話又關機了。沒想到重逢的人總會重逢，竟然在賽格遇到你，太出人意料了。」

崔強由於和八達有業務往來，也認識仇群，見仇群出現，立刻過來問好：「仇總來啦，歡迎，歡迎。」

話說一半，忽然想起剛才仇群稱呼商深的名字，頓時驚呆了，「仇……仇總，他是商深？就是傳說中的那個電腦高手商深？」

「是呀，就是他，怎麼了？」

仇群並不知道剛才崔強對商深的輕視，笑道：「商深可是最近北京ＩＴ圈的傳奇人物，以後說不定他編寫的軟體會成為你銷售利潤的主要來源。怎麼，想不想認識一下？」

「想……」崔強艱難地咽了口口水，尷尬地看了商深一眼，心中無比自責自己有眼不識金鑲玉，「不想，不是……是不敢認識大人物。」

「喲，一轉眼的工夫，商深不是窮小子是大人物啦？你的變臉本事真不一般，去唱戲的話，肯定滿堂叫好。」徐一莫冷嘲熱諷地說：「是誰剛才碰都不讓碰一下電腦，現在又想結識商深，對不起，商深不想認識你。」

仇群看出了端倪：「怎麼了這是？」

崔強一臉苦笑：「我有眼無珠，剛才得罪了商大俠，仇總，都怪我狗眼看人低。商大俠，你大人不計小人過，原諒我一次，好嗎？」

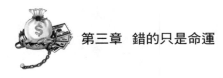

第四章

大將之風

窮人被人低看，惱羞成怒，是過度自卑；
他是窮人，被人看低，卻沒有往心裡去，
是他淡然的性格使然，倒不是他真的有大將之風。
一個人只能達到了高度卻不以高度為高，
才是真正的大將之風，否則只是紙上談兵。

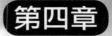

「到底是怎麼了？」仇群一頭霧水。

商深見崔強點頭哈腰的樣子和剛才的趾高氣揚判若兩人，心中感觸頗深，固然崔強勢利眼的做法不對，但話又說回來，他也確實買不起ＩＢＭ的電腦。不管崔強是低估他還是高看他，都改變不了他身為窮人的事實。

窮人被人低看，惱羞成怒，是過度自卑；富人被人低看，不以為然，才是大將之風。他是窮人，被人看低看扁，卻沒有往心裡去，是他淡然的性格使然，倒不是他真的有大將之風。一個人只能達到了高度卻不以高度為高，才是真正的大將之風，否則只是紙上談兵。

崔強將剛才的事說了一遍，仇群聽了哈哈大笑，一拍崔強的肩膀：

「你以後要改改你的判斷力了，未來是ＩＴ業的時代，在互聯網時代成長起來的新貴和傳統行業的有錢大老板不一樣，他們看起來和普通人沒有區別，但身家億萬。就如商深，你看他一身打扮不像有錢人是吧？當然，他現在也確實不是有錢人，但以他的能力，距離成為有錢人只有一步之遙。今天的他也許會為買不起一台筆電而苦惱，明天的他說不定就會為買別墅還是豪宅為難了，在不久的未來，ＩＴ業會比以前的任何一個行業都更容易上演財富神話。」

「大俠，能不能幫我簽個名？」崔強腆著臉拿著一個本子，一臉討好地說：「我最崇拜電腦高手了，上學的時候，我英文不好，電腦水準也不行，要是我也會寫程式，我就不賣硬體了。」

商深伸手接過本子，不客氣地簽上自己的大名：「不打不相識，第一次簽名，也算是難得的紀念。」

「借你的地方一用。」仇群見商深為人大度，心中更堅定了要請商深加盟八達的想法，他一拍崔強的肩膀，說過：「崔強，方便的話，幫我們來五杯茶。」

「五杯，不是四個人嗎？」崔強拿著商深的簽名，心花怒放，借他的地方聊天喝茶是他的榮幸。

「一會兒還有一個朋友要來。」仇群點頭一笑，邀請商深坐到專賣店裡面的休息室。

專賣店有二十多平方米，在角落裡劃出了一個空間作為臨時休息室，平常也可以用來接待大客戶或是貴賓。

崔涵薇和徐一莫不認識仇群，二人跟隨商深來到休息室，等崔強上了茶水後，商深才向她們介紹了仇群。

原來是八達集團的副總！崔涵薇心中震撼不已。八達集團在北京乃至全國都是威名遠震的公司，而八達的副總在業內也算是響噹噹的人物，沒想到仇群對商深如此敬若上賓，不由她再次高看了商深一眼，心裡對商深的分數又提高了幾分，更為自己的眼光而暗喜，她果然沒有看走眼。

不過接下來仇群的一句話，頓時讓崔涵薇對仇群多了敵視之意，視仇群為競爭對手。

「商深，下一步怎麼打算，是留在深圳還是回北京？」

「回北京。」

「太好了。」仇群高興地右拳一擊左掌，「張總知道你回北京的話，肯定會再次邀請你加盟八達。我個人也希望你加盟八達，月薪兩千元起，還有年終分紅和股權獎勵，怎麼樣？你還有什麼想法儘管提，我們還可以談。」

原來仇群是想挖角商深，崔涵薇忽然有了危機感。如果說在商深的感情世界裡她是後來者的話，那麼在商深事業還沒有歸屬的時候，她不能讓仇群再次搶先。感情上她已經沒有辦法先走進商深的內心，但在事業上，她不比任何人晚一步。

「仇總……」

崔涵薇坐直了身子，要談判的時候，必須拿出應有的姿態，她端莊而優雅地一笑，「不好意思仇總，就在剛才，我已經和商深達成了共識，由我出資成立一家電腦公司，商深以技術入股，持股百分之十。」

商深愣住了，他什麼時候答應崔涵薇了？剛才崔涵薇只是隨口一提，他還沒有正面回答，怎麼就成事實了？他正要開口說個明白，卻被徐一莫制止了。

徐一莫悄悄一擰商深的胳膊，疼得商深一咧嘴，差點驚呼出聲，待看到徐一莫朝他暗示的眼神，意思是讓他稍安勿躁才能提高身價，他恍然大悟，朝徐一莫投去了感激的眼神。

「哦，真的？」

仇群還以為他的條件很不錯了，沒想到崔涵薇半路殺出想要截胡，而且還開出更好的條件，打了他一個措手不及。

「公司打算投資多少？」

商深端坐不動，擺出置身事外的態度，徐一莫提醒得很及時，有競爭才能提高身價，現在他就是一個雙方爭奪的拍賣品，他得沉住氣，冷眼旁觀，等出價最高的獲勝一方出現後，他再和勝方討價還價，才能坐享漁翁之利。

「三百萬。」崔涵薇伸出三根手指，「百分之十的股份就是三十萬，而且商深還可以直接坐到總經理的位置，再加上股權獎勵和分紅，他如果加盟我的公司，比起月薪兩千塊和所謂的年終分紅要實惠多了。仇總，你說呢？」

仇群沉默了，他也清楚商深確實是個難得的人才，如果八達是他自己的公司，他可以出比崔涵薇更好的條件來請商深加盟，可惜的是，他沒有股權分配的決定權，因為他不是張向西。

怎麼辦？難道真的要被崔涵薇橫刀奪愛搶走商深？不只是他，張向西對商深也十分器重，但崔涵微給出的條件，張向西不可能答應。退一萬步講，就算張向西想答應，也得開董事會討論，張向西雖然是總經理，卻不是董事長，也沒有最終決定權。

「這樣好了，」仇群猶豫了一會兒，終於開口了，「商深如果來八達，在我的許可權之內，可以為他開出三千元的月薪，外加不少於一萬的年終獎金，至於其他獎勵要根據業績再定。明年公司會上線一個網站，網站需要大量的人才，之前張總就許諾商深技術總監的位置，我估計以商深的能力，到時至少也是負責技術的副總；而且由於網站新上線，肯定會有許多獎勵措施，我相信幾十萬的收入對商深來說，一年之後就可以輕鬆達到。」

仇群釋出了最大的誠意，畢竟八達是有規章制度的大公司，不比崔涵薇的個人公司機動靈活。

「誠意還是不夠，太空洞了。」崔涵薇淡淡地說，翹起了二郎腿，儼然勝券在握的樣子。

「話不能這麼說，八達是有制度的大公司，雖然不如小公司靈活，但勝在實力雄厚，而且說到做到，不會誇大事實。」仇群從容地回擊了崔涵薇。

「小公司怎麼了？小公司就誇大事實，說到做不到了嗎？」

崔涵薇冷笑一聲，拿出支票本，刷刷寫了一個數字，簽名後撕下來說：

「我現在就可以預付商深十萬元表示誠意。」

商深表面上神色未動，內心卻已經激起了軒然大波！

如果說他最先認識到自身價值比他想像中高上許多是從仇群開始，那麼到他為八達解決了印表機啟動故障和修復中文處理軟體後，他對自身價值算是有了一個初步的直觀認識，具體到數字上，就是月薪可以有兩千元，再加上年終分紅，有望達到年收入三萬元的高收入階層。

現在，他才發現，他遠遠低估了自己，當他滿足於年薪三萬的時候，卻不知道在全新的商業價值的衡量下，他早已有三十萬的身價。

三十萬是他以前想都不敢想的巨額數字，現在卻真實地落在自己身上，一時讓他感慨萬千，恍如夢中。

不過商深沒有被沖昏頭腦，瞬間又清醒了。清醒之後，他第一個想到的人是范衛衛。

范衛衛雖然比崔涵薇才小一兩歲，但還沒有社會經驗的她在閱歷和人生規劃上比崔涵薇差了許多，如果她也如崔涵薇一樣，可以隨意調動幾十上百萬的資金，如果她也和崔涵薇一樣看好互聯網的前景，和他聯手創辦一家公司，她負責資金和管理，他負責技術和運營，肯定可以配合得完美無缺，各自發揮最大的優勢，既發展了事業又贏得了愛情，范衛衛的家世可不比崔涵薇差。

只可惜，人生沒有假如，范衛衛對互聯網有根深蒂固的偏見，就算她可以調動資金，也不會支持他開辦一家從事互聯網的公司。

商深忽然腦中跳出一個大膽的假設，如果他和范衛衛沒有范長天和許施的阻撓，順利地走到一起，會不會因為對互聯網想法的分歧，導致最終還是分手的結局？

哎，想遠了，也想多了，商深驅散腦中紛雜的念頭，回到崔涵薇和仇群角鬥的現實之中。

崔涵薇到底是真心想和他合作，還是只是為了哄抬價格，好讓仇群可以開出更好的條件？商深十分懷疑崔涵薇的真正用意，雖然崔涵薇對互聯網的前景上和他看法相同，但他還是對崔涵薇瞭解不多，不知道她投資ＩＴ行業的決心和信心究竟有多大。

仇群被崔涵薇的舉止震驚了，他愣了一會兒，「呼」地站起來，一步邁出休息室，到外面打電話去了。

「薇薇，你剛才太帥了，驚得我下巴都掉了。一出手就是十萬，太有魄力了。」

徐一莫等仇群走出休息室，再也按捺不住心中的激動，一把抓住崔涵薇的胳膊，用力搖晃道：「我佩服你，有錢就是有底氣，十萬塊當場讓堂堂八達的副總仇群目瞪口呆，這事要是傳出去，也會成為一段佳話。不對，應該說薇薇豪擲十萬挖角商深的舉動會成為美談。」

商深卻沒有徐一莫那麼的激動，一臉認真地問道：「涵薇，你是為了抬高我的身價故意和仇群作對，還是真的有意和我聯合成立一家公司？」

「你以為呢？」崔涵薇白了商深一眼，「我才沒那閒工夫為了抬舉你而和仇群叫板，我是真心想和你合作成立電腦公司，剛才我和仇群討價還價的條件，就是我準備向你開出的條件，額外再加一台筆電，怎麼樣？」

「額外再加一台筆記型電腦……生產力工具有了，交通工具和住宿怎麼解決？」商深追問，他現在也輕易不會露出底牌了。

「你不要得寸進尺啊。」崔涵薇被商深得意洋洋的姿態氣到了，一想，不對，商深應該是故意試探她，就又淡然地笑了，「住宿問題好解決，我負責幫你租間房子；至於交通工具嘛……送你一輛自行車沒有問題。至於吃飯，你自己解決就行了，總不能我還得管你吃飯吧？」

「自行車呀？自行車也可以接受，總比沒有強。」商深摸摸鼻子，「吃飯可是大問題啊，我生活自理能力很差，要麼配個煮飯阿姨，要麼你管我，你看著辦。」

「行，我管你。」崔涵薇意味深長地說：「一天管你三頓飯沒問題，只要你聽話就行。」

「哇！現在是什麼情況？你們要同居嗎？」徐一莫語不驚人死不休，見崔涵薇和商深你來我往的，比自己戀愛了還開心。

「一莫！」崔涵薇一時嬌羞無限，瞪了徐一莫一眼，「我和商深在談正事，你能不能別搗亂?!什麼同居，難聽死了。我說一天管他三頓飯，是想讓他住在公司裡，吃住都在公司，壓榨他身上的最後一滴剩餘價值，你想到哪裡去了?真是的。」

徐一莫嘻嘻一笑，一推商深，「商哥，走過路過不要錯過，薇薇的暗示都這麼直接了，你不趕緊答應下來，還等什麼？」

商深伸手抓著頭，無法決定：「這些枝微末節的小事以後再討論，再說我還沒有答應一定會同意你的條件……」

「什麼，商深，你不要太過分了。」

崔涵薇正要再說時，門一響，仇群推門進來了，身後還多了一個人。

「我剛才請示張總了，張總說，等商深回北京後，要親自和商深面談。」仇群一拍商深的肩膀，「商深，先不要輕易答應別人，也許你自身的價值遠比你自己想像中的更高。」

「啊，王哥，怎麼是你？」

徐一莫注意到仇群身後的人，驚喜地跳了起來，「太巧了，上次的事情還沒謝謝你，以為見不到你了，原來你也在這裡呀。」

王哥卻對徐一莫的熱情視而不見，只衝徐一莫微一點頭就徑直來到商深面前，緊盯著商深道：「你就是商深？」

商深被王哥的舉動嚇了一跳，點點頭：「是我，王哥。」

「哎呀，簡直就是踏破鐵鞋無覓處，得來全不費功夫，我可算找到你了，哈哈哈哈……」王向西驚喜之下，放聲大笑，「在飛機上遇到你，我就覺得和你很有眼緣，卻不知道你就是商深，竟然和你擦肩而過。商深，你不知道為了找到你，我費了多大的力氣。」

王向西本來是受仇群之約，來賽格和仇群見面，想和仇群聊聊，看有沒有合作的可能，同時向仇群打聽商深的下落。沒想到竟意外遇到商深，令他喜出望外。

仇群一臉驚愕：「怎麼了，你們認識？」

「認識，不，也不算認識，只能說是見過。」王向西高興之下，握住商深的手不放，「商深，你怎麼在飛機上不告訴我你就是商深呢？如果你早告訴我，我也不至於找你找得那麼辛苦。不過還好總算找到你了。」

商深不明就裡，委屈地說：「我也不知道你在找我呀，王哥，你找我到底有什麼事？我沒撿你的錢包，又沒騙你的妹妹！」

「哧！……」崔涵薇雖然也是摸不著頭腦，不知道是怎麼一回事，卻被商深的話逗樂了，才發現原來商深還有這麼幽默的一面。

「我還真沒有一個妹妹讓你騙。」王向西回想和商深一路同行卻擦肩而過的情景，更加感覺他和商深的認識來之不易。

「你的手機怎麼總是關機？剛才我還打你的電話了……」

徐一莫臉一紅，吐了吐舌頭，從包中拿出商深的手機：「不好意思王哥，是我自作主張關了商深的手機，不怪他，怪我。」

「我說呢。」王向西心領神會地笑道：「你是怕商深騙別的女孩，所以才關了他的手機，把他管得死死的，對吧？」

見王向西誤會了她和商深，徐一莫忙把手機還給商深，連連擺手：「王哥，千萬別把我和商深放在一起，商深是薇薇的人，跟我沒關係。」

「又扯我。」崔涵薇啐了徐一莫一口，「說正事呢，你別打岔。」

「對，對，說正事。」只要不把她和商深相提並論，徐一莫就沒有意見，忙說：「就是，王哥，你到底為什麼要找商深啊？」

「這裡說話不方便，找個茶館，我們邊喝茶邊聊，怎麼樣？」王向西徵求幾人意見。

仇群沒意見，他晚上才要去廣州，現在左右無事。崔涵薇和徐一莫自然也沒有意見，商深遲疑了一下，想想點頭同意了。

一行人告別了崔強，離開專賣店，下到一樓，路過一家軟體店的時候，發現店裡圍了一群人，正在爭論著什麼。

這家「連邦軟體」成立於一九九四年，立即迅速成為正版軟體流通領域的第一品牌，代理承銷正版軟體上萬款，囊括各類一般型和專業型軟體，與微軟、趨勢、賽門鐵克、Adobe等世界知名品牌均建立了密切的夥伴關係。

商深本不是喜歡看熱鬧的人，正要繞行時，忽然被徐一莫拉住了。

「幹什麼？」商深不明白徐一莫為什麼要停下來，看她一臉八卦的樣子，顯然是想看熱鬧，「別鬧了，我們可沒時間看熱鬧。」

「不是看熱鬧，你聽。」徐一莫做了個鬼臉，「裡面的人在說你。」

「我？說我什麼？」商深支著耳朵一聽，果然聽到裡面的人爭論的焦點是他，便停下腳步。

見商深和徐一莫駐足不前，崔涵薇、仇群和王向西不知道出了什麼事，也停了下來。

「我覺得商深比馬化龍厲害，不錯，馬化龍是寫了一個股霸卡，但股霸卡又不是他原創的，是綜合市面上其他幾款股票軟體再創造的，商深比他厲害多了，他不但修復八達的中文處理軟體，還解決了印表機的啟動故障。BIOS問題最複雜，難度最高了，我相信馬化龍也解決不了。」

是一個女孩的聲音，聽上去年紀不大。

「你還是不是深圳人？怎麼維護外人不維護我們深圳人啊？商深哪裡比得上馬化龍了，他不就是修復了中文軟體而已，有什麼了不起？馬化龍的股霸卡多有影響，又賺了多少錢？商深修復中文處理軟體，充其量賺個幾千塊，而且賣得再多和他也沒關係，所以我覺得不管是技術還是商業頭腦，他都比不上馬化龍！」

這時換成一個中年男人，聲音微有幾分沙啞，雖然聲音很大，但氣勢明顯不如和他對峙的女孩，說話的底氣似乎也沒那麼足。

「我是深圳人，可是我只站在真理的一方，不管是不是深圳人，如果不行，我也不會挺他。商深成功的支點就是八達，就算他沒賺到錢，也賺到了名氣，打開了知名度。股霸卡只是在深圳有名氣，出了深圳就沒人知道了，八達中文處理軟體可是知名軟體，商深以後不管走到哪兒，只要一提是他修復中文處理軟體的，就一定會讓別人對他刮目相看。」

女孩的反駁很有力度，一針見血。

「你這是強詞奪理，是狡辯，我不和你理論了，浪費我的寶貴時間。」沙啞男人詞窮了，想要結束戰鬥。

「別呀，哎，你別走，我話還沒說完呢。」……

徐一莫會心地笑了，一拍商深的肩膀：「行呀商深，你名氣越來越大了，居然和馬化龍相提並論了。」

商深謙虛地掉了句古文：「虛名白盡人頭，問來往，何時是休？」內心卻深感榮幸，他自認比馬化龍差了幾分，不敢和馬化龍平起平坐。

「哎呦，還挺文青的嘛。」徐一莫大笑。

「錢財累壞身心，說去來，哪裡有頭？」崔涵薇接道，心中既驚訝商深名氣之大遠在她意想之外，又佩服商深面對盛名時的平靜，更堅定了要和商深合作的決心。

「哈哈，商深能和化龍相提並論，就說明商深和化龍和我有緣。」王向西不因為有人高抬商深力壓馬化龍而生氣，反倒更開心了，他還擔心商深對他和馬化龍有隔閡感，無意中遇到的一齣意外，卻間接拉近了商深和馬化龍的關係。

商深謙虛地說：「太高抬我了，和馬化龍相比，我還差了許多，還需要多向馬化龍學習。」

「一起進步，一起進步。」王向西開心大笑。

出了賽格，幾人來到一家名為「米博士」的茶館，要了一個樓上的雅間。四人之中，論年紀仇群最大，論職務，也是仇群最高，所以請仇群坐了首座。

王向西點了一壺碧螺春，親自為幾人倒茶。可以看出他嫻熟的泡茶和倒茶手法得益於日常對茶道喜愛的練習。

「商深，剛才我說過了，張總希望你慎重考慮一下，不要急著做出決定，等回北京再和張總面談，你說呢？」

在王向西沒有開口邀請商深前，仇群再一次向商深強烈暗示要尊重張向西的意見，畢竟張向西在北京乃至全國的ＩＴ圈內都是舉足輕重的重量級人物。然而，仇群也知道王向西的分量，在深圳ＩＴ圈內，王向西也是了不起的人物，況且他的背後還有馬化龍。

崔涵薇至此也猜到了王向西為什麼要千方百計找到商深的用意，意外又多了一個競爭者，她不但沒有感到壓力增大，相反，卻更加激起了她爭強好勝之心，也更加讓她看好商深了。來吧，不管別人開出什麼條件，她不但照單全收，還會再多加一些料，務必要讓商深成為她的合作夥伴。

「商深，我的態度也很明確，別人的條件，我全部比照，並且還有額外的加碼。」

崔涵薇一攏頭髮，她在談及正事時和她平時的樣子判若兩人，嚴肅認真的態度，儼然是久經商場的職業麗人。

王向西面對仇群的咄咄逼人和崔涵薇的太極推拿不動聲色地笑了笑，再次為幾人倒滿茶，看了看手錶，微微笑道：「再等一下，化龍一會兒過來。」

「馬化龍要親自過來？」

商深微微一驚，說實話，深圳之行認識王向西已經算是不小的收穫了，如果能再和馬化龍見面，就真是不虛此行了。

「太好了，能和馬化龍見上一面，足以告慰平生了。」

「你才多大，就動不動告慰平生，好像你以後再也見不到更厲害的大人物一樣。」徐一莫對商深的用語很有意見。

「沒錯。」王向西道：「你也許還不知道，我和化龍是大學同學，又是鐵哥們。化龍和歷隊一樣，在大學期間就成了遠近聞名的電腦高手。」

「歷隊是誰？」商深沒有聽過歷隊。

「歷隊現在是銀峰軟體的總經理，他在大學時就表現了過人的電腦天分，大三那年替別人開發軟體就成了百萬富翁。」

說起歷隊，王向西眼神流不禁露出嚮往和敬佩之意，「九二年，歷隊與同事合編了《深入DOS程式設計》一書，賣得很好。接下來的兩年裡，他寫過加密軟體、殺毒軟體、財務軟體、CAD軟體、中文系統以及各種實用小工具等，還和別人一起做過電路板設計，甚至還幹過一段時間的駭客，解密各種各樣的軟體。兩年下來，他和各家電腦公司老闆都成了熟人，並且成為武漢電子一條街最有名的一號人物。」

「銀峰軟體的總經理？」商深驚嘆道，「不簡單，銀峰軟體可是國內響噹噹的著名軟體生產商。」

「銀峰軟體」創建於一九八八年，是中國領先的應用軟體產品和服務供應商。總部在北京，廣東珠海、北京、成都、大連、深圳，甚至日本都設有分公司。產品線覆蓋了桌面辦公、資訊安全、實用工具、遊戲娛樂和行業應用等諸多領域，自主研發了適用於個人用戶和企業級用戶的WPS Office、銀峰詞霸、劍俠情緣等系列知名產品。

「沒錯，歷隊也是ＩＴ界的傳奇人物，我相信他的傳奇還會繼續。當然，你以後也許會成為比他還有傳奇色彩的人物。」

王向西倒不是恭維商深，而是真心看好商深的前景，「當年我認識歷隊是在中關村的一個酒吧裡。我們交換名片時，他看到我名片上的電子郵箱說，你怎麼還在用net.com，應該註冊Hotmail試試。我真的聽從了他的建議，註冊了一個Hotmail郵箱，呵呵。」

Hotmail是一九九五年由傑克・史密斯（Jack Smith）和印度企業家沙比爾・巴蒂亞（Sabeer Bhatia）建立，並於一九九六年七月四日開始運作。傑克・史密斯曾在蘋果電腦工作過，參與蘋果早期電腦的研發工作。

「聽說Hotmail要被微軟收購了？」

Hotmail勝在創意，成立不足兩年、員工僅有二十幾人，創始人傑克・史密斯最初的想法是要建立一種任何電腦都可以通過ＷＥＢ訪問的電子郵件服務，他的出發點，就是任何電腦隨時隨地通過網路便可收發電子郵件，並且免費，正是方便、即時、免費的概念，讓Hotmail在短短時間內成為註冊人數最多的通訊軟體，因而進入微軟的視線。

商深本來想問同樣的問題，不料被崔涵薇搶了先，崔涵薇一臉好奇，她對目前交談的話題很感興趣，「不知道微軟會出資多少？」

「據傳是四億美元。」仇群接過話，神秘地說：「許多傳統企業家都不看好ＩＴ業的未來，卻不知道他們已經落後於時代了，Hotmail只用了兩年時間就賣到四億美元的價格，呵呵，雖然說智慧和創意無法用價值衡量，但四億美元可是一家大型集團數年甚至十幾年的產值。」

商深十分贊同仇群的說法，在ＩＴ界，財富神話已經初現，相信在未來還會有更多的財富神話上演，作為一個恰逢其時的ＩＴ從業者，如果他不能抓住時代的機遇，就太可惜了。

商深不無嚮往地想，如果他也能夠領先別人想出一個好的創意並且付諸實施，也可以和Hotmail被微軟收購一樣，創造另一個財富神話，而他正是這則神話的主角。夢想一定要有，萬一實現了呢？

「商深，如果我們合作創立一家ＩＴ公司，兩年後被微軟或是ＩＢＭ等跨國集團收購，出價不要四億美元，兩億美元就行，而你在公司持股超過百分之二十，你說到時你會有多少身家？」王向西及時將話題引回到眼前的現民幣。

實上。兩億美元的百分之二十是四千萬美元，按當時匯率計算，合三億多人民幣。

崔涵薇聽出王向西的言外之意，掩嘴一笑：「王哥的意思是，你和馬化龍的新公司邀請商深加盟，條件是讓商深持股百分之二十囉？條件不錯嘛，新公司準備投資多少？」

「至少三百萬起跳。」王向西伸出三根手指，「新公司以軟體發展、互聯網服務為主，商深如果同意加盟的話，除了股份之外，還有副總的職務以及豐厚的福利待遇。」

「三百萬，太少了吧？」仇群趁機殺入，現在是三方廝殺的狀況，不再講究談判策略，只需要拼實力就行，商場上的較量有時需要虛實結合，有時只需要簡單粗暴地亮出肌肉。

「Hotmail以四億美元被收購是一個很不錯的例子，但也是一個很遙遠的大餅，畫餅充饑不太好吧？不瞞各位，不出意外的話，八達很快就能獲得一筆高達六七百萬美元的投資，不僅如此，八達還和美國的華淵資訊網商討合併事宜，如果一切順利的話，今年投資就會到位，明年新網站就會上線。有實力又有前景的八達會提供一個無比廣闊的舞臺，商深，你來八達，哪怕只有百分之一的股份分紅，也比看不到未來的小公司強。」

「寧為雞口不為牛後，商深，我相信你更願意在小舞臺上盡情施展自己的才華，而不願意在大舞臺上束手束腳，成為被別人指揮的木偶。」

仇群話音剛落，一個人的聲音在門外響起，正邁步走進房間。

第五章

獨一無二的價值

商深是獨一無二不可替代的技術高手，一人可抵百萬雄兵。
或者說，商深本身就是不可估量的巨額財富，
她只有耐心等待商深的明確答覆，別無他法。
因為獨一無二的存在就擁有獨一無二的價值。

商深一下愣住了，進來的人正是上次嚇跑朱石的儒雅男。莫非他就是大名鼎鼎的馬化龍？

「商深你好，我是馬化龍。」

馬化龍主動和商深握手，一臉燦然笑容，他身穿白襯衣黑褲子，中規中矩的裝扮卻掩飾不住他生機勃勃的朝氣和自信。

「上次見過了，不過當時我不知道你就是商深，要是知道的話，我說什麼也不放你走。不過人生就是這麼有趣，該相遇的總會相遇，一聽到向西說總算找到你了，我就趕緊馬不停蹄地趕了過來。錯過第一次，可不能再錯過第二次。如果錯過的話，就太遺憾了，是不是？互聯網時代很快就會來到，如果我們再不好好規劃未來，也許就真的錯過了最好的時機。」

馬化龍很健談，張口就說了一大堆話，而且他的話很有感染力，親切中又很有鼓動性。和馬朵的感染力之中帶有煽動性不同的是，他的話多了親切感，少了幾許強勢。

不知為何，商深總是下意識地拿馬化龍和馬朵對比，雖然二人一個在深圳一個在北京，遠隔數千里之遙，而且似乎沒有什麼交集，他卻總認為二人有什麼共同之處。

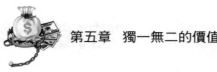

所以在馬化龍說了一通話之後，商深回應他的第一句話，卻是牛嘴不對馬唇的問題：「馬哥，你認識馬哥嗎？」

眾人一愣，頓時哄堂大笑。

商深也笑了，什麼馬哥認識馬哥，他補充道：「中國黃頁的馬朵。」

「知道，但沒見過，馬朵也是我敬佩的幾個人之一，正是他的中國黃頁，讓我看到了中國互聯網的希望。」

馬化龍坐下後，依次和眾人打了招呼，轉向仇群道：「向西最近在忙什麼？我很想念他。上次在廣州和向落喝啤酒時，還回憶起和向西聊天時的情景，就像昨天一樣。」

王向西開玩笑說：「同名真不好，每次見到張向西，我說『向西你好』的時候，總感覺像是自己在向自己問好。」

仇群哈哈笑道：「張總最近忙著融資和上線網站，他也經常提到你，說你思維靈活，善於從現況中發現新的亮點，還說你是一個模仿天才。」

「這是誇我還是損我啊？」馬化龍開心地道：「模仿並沒有錯，日本企業當年也是靠模仿起家，最後才有了自己的風格，電腦本來就起源於美國，互聯網也是，我們想要跟上資訊時代的腳步，就要從模仿開始做起。當然，不僅僅只是模仿，還要超越。王陽朝和我的觀點就很一致，他的愛特信網站就辦得不錯，聽說明年要改版還要改名；如果再算上向落的絡容網站正式推出的全中文搜尋引擎服務以及張向西明年要成立的新網站，我相信九七年是中國互聯網元年，你說呢，商深？」

聽到馬化龍的話，商深的熱血被點燃了，他完全贊同馬化龍所說的：

「九七年是時代驟變的一年，除了馬哥所說的幾人之外，馬朵到北京參與外經貿部的網站建設，向落在廣州，張向西在北京，王陽朝在北京，馬哥和王哥在深圳，中國互聯網創業的激情已經燃燒了整個中國。」

「我？」馬化龍一指自己的鼻子，搖頭笑道：「比起前輩們，我和向西還差了不少，還沒有真正邁進互聯網的大門。以前我擺過路邊攤，幹組裝電腦的生意，結果發現就連路邊攤也競爭激烈，最後沒賺到錢，只好老老實實地回去工作了。我在傳呼機業的龍頭老大潤迅公司工作時，認識了張向西，當時我就想，在網路時代還需要傳呼機嗎？肯定也需要，因為交流是人的本能，不管採取什麼方式，人時刻都有與人交流的渴望。張向西說要做網路通訊，我贊成他的想法，其實我沒有告訴他的是，我也想做這一塊，我還起了一個更具體生動的名字——網路即時通訊。」

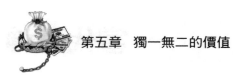

「ＩＣＱ！」

馬化龍的話引起了徐一莫的共鳴，脫口而出道：「我上次就對商深說過，如果我們有一款中國人自己的ＩＣＱ該有多好，現在的ＩＣＱ全是英文介面不說，而且和系統的相容似乎也有問題，功能又單一，不太好用。商深，你不是說想中文化ＩＣＱ，讓ＩＣＱ更符合中國人的使用習慣嗎？」

馬化龍頓時眼前一亮：「你真的這麼想，商深？太好了，你和我們想到一起了，向西，你費這麼大力氣找到商深，還真是有眼光，商深和我們確實是同路人。」

崔涵薇對ＩＣＱ也很有想法，當即插嘴道：「一莫說得沒錯，我也很喜歡用ＩＣＱ，但ＩＣＱ介面不太友好，功能又單一，不想用它吧，許多人都在用；用它吧，又覺得彆扭。如果再有一個比它好用並且市場佔有率高的軟體出現，我一定換掉ＩＣＱ。商深，如果你加盟我的公司，我會全力支持你改寫ＩＣＱ，或是你重新編寫一個即時通訊軟體。」

「不如這樣……」馬化龍舉起茶杯，「既然我們興趣相同，目標一致，乾脆誰也別爭商深了，大家一起合作不就行了？向西和商深負責技術，涵薇，你和我負責資金和營運，怎麼樣？」

「好呀，我沒意見。」崔涵薇對馬化龍、王向西印象很好，主要也是王向西一路上對她和徐一莫幫助不少，馬化龍更替她嚇跑了朱石。她也知道互聯網開放、共用和雙贏的原則，就舉起茶杯，「來，商深、王哥、一莫，為了我們共同的美好明天，乾杯。」

商深和徐一莫都舉起了茶杯，只有仇群一個人被遺忘了，商深笑了笑，拿起仇群的茶杯遞到他的手中：

「仇總，合作有許多種方式，不僅限於加盟或是不加盟八達，就算不合作，只要是為了共同的事業，為了中國的互聯網事業可以更快更早地興起，可以追上美國甚至超越美國，凡是為中國互聯網的發展出力獻策的同行，都是我們的合作夥伴。互聯網的大潮可以容納無數創業者和成功者，可以是一個百億甚至是千億萬億的市場規模，來，為了中國互聯網的未來，乾杯。」

仇群本來有幾分落寞，被商深的一番話激發了豪情，接過商深遞來的茶杯，哈哈一笑，高興地道：「來，乾杯。為創造歷史的一刻乾杯，為奠定歷史的現在乾杯！」

幾人的茶杯碰在一起，發出一聲清脆的響聲，在這一瞬間，不但決定了許多人的命運，也奠定了未來諸多風雲人物的第一步！

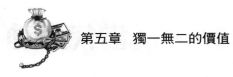

一九九四年四月二十日，通過一條六十四KB的國際專線，中國全功能接入國際互聯網，這成為中國互聯網時代的起始點。

當時網速之慢，是現在的寬頻無法想像的龜速，發一封郵件有可能要七八天才會收到。三年後，網速雖然提高了不少，中國的互聯網已經呈現熱火朝天的創業景象，但真正的互聯網浪潮還沒有到來。

在全國各地，卻有無數如商深、馬化龍、馬朵、向落、張向西、王向西、王陽朝一樣的熱血青年，敏銳地嗅到了時代的契機，以高人一等的眼光和快人一步的動作搶先佔領了中國互聯網元年的至高點，從而邁出至關重要的第一步。

時代的潮流不可抵擋，在即將到來的互聯網大潮中，誰會成為時代的弄潮兒，和他的出身、外貌無關，只和他有沒有眼光、有沒有才華、有沒有對未來的信心有關！

許多年後，當商深再次回憶當時在茶館中的一幕，他才知道，他的命運軌跡在碰杯的那一刻，就確定了未來的方向。如果說他在儀表廠的工作是他命運轉折的一個關鍵點，那麼關鍵點中的關鍵是：他遇到並且喜歡上范衛衛，而他在德泉和仇群的認識，也奠定了他置身於互聯網浪潮中的根基。之後和張向西的認識以及為八達所做的一切，進一步讓他在中國互聯網元年的歷史時刻留下了屬於他的濃重的一筆。

仇群望著商深意氣風發的臉，心中感慨萬千。誰也沒有他對商深的感情深厚，畢竟商深是他發現的人才。儘管他早就看出商深並非池中物，一遇風雲便化龍，卻還是沒有想到商深的深圳之行會收穫如此之豐，有了崔涵薇的資本力量的介入，有了馬化龍和王向西思維的碰撞，商深會快速成長為一名可以在互聯網浪潮中遨遊的全能型高手，而不僅僅是一個電腦技術上的高手。

可惜的是，也許八達不再是最適合商深的舞臺了，原本以為在商深成長起來前還可以為八達的發展做些貢獻，沒想到商深的成長速度之快遠超他的想像。現在的商深，更多了成熟和穩重，還多了高屋建瓴的見解和對未來的清晰認識。仇群既為商深感到高興又為八達感到遺憾。

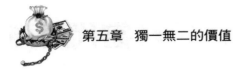

「要不要來點甜點？」見快到中午吃飯時間，王向西又改變了主意，「算了，還是中午一起吃個飯吧。」

商深沒意見，聊得正投機，只有仇群微一猶豫，不過片刻後，他就點頭同意了。也是，沒必要將自己孤立，回到北京後，他還可以繼續爭取商深，讓商深改變主意。

幾人下樓，從茶館出來，不多遠來到一家粵菜館，幾人剛落座，馬化龍的手機忽然響了。

「歷隊，我在深圳，你在北京？最近不知道什麼時候去北京，去的話，一定聯繫你。」

馬化龍一邊聽電話，一邊有意無意地看向商深，「你正在寫一款殺毒、清理系統的軟體，借鑑一個叫商深的年輕人的創意？從哪裡借鑑的？火鍋城老闆的電腦裡？你可真行，商深正和我在一起，你要不要和他說話？」

商深坐在崔涵薇和徐一莫中間，正在嗑瓜子，一聽馬化龍的電話內容竟涉及到他，驚得瓜子都掉了。

「找我？」

商深接過電話，電話一端傳來一個陌生的聲音，對方自稱叫歷隊，他愣了愣，「你好，我是商深，很高興認識你。」

儘管不太熟悉歷隊其人，但剛才聽王向西介紹過歷隊的經歷，商深對歷隊也心生嚮往之心。在大學期間就能成為百萬富翁的人，絕對是個天才級的聰明人物。

「商深你好，你可能不知道我，但我知道你。先向你說聲抱歉，我抄襲了你的創意，哈哈。我從火鍋城老闆的電腦裡複製了你的清理軟體，然後在你的創意基礎上，又增加了一些功能，估計再過一段時間就會完成一個全新的軟體。等軟體上市後，我會按一定比例付你報酬，怎麼樣？」

「這只是我信手寫來的一個小軟體，本來就不成形，你讓我的創意發揚光大，我應該感謝你才對，怎麼好意思再要報酬？就當我送你好了。」商深想了想，大方地回道。

「不行，要尊重自己的智慧財產權，如果我不認識你就算了，可以用找不到原創者為理由來安慰自己，但我既然認識你了，就一定得按照規矩辦事。」歷隊還以為商深會獅子大開口要一個高價，沒想到商深全然沒有商業頭腦，居然說免費贈送，不由他不心生感動。

誠然，如果他不說，商深也不會知道他的軟體是抄襲了他的創意，但做人的原則讓他必須告訴商深，更何況商深和馬化龍又是朋友，ＩＴ圈子說大很大，說小也很小，如果事後被商深發現了他的所作所為，傳出來，他就沒法做人了。

「這樣呀……」商深遲疑地說：「你覺得多少合適就多少吧，我沒意見。互聯網本來就是一個共用共贏的開放平臺，我的創意如果能為你帶來靈感，能為許多人帶來便利，也算是物盡其用了。」

歷隊深為商深的大度和不計較得失的態度叫好，和他接觸的唯利是圖的商人不同的是，伴隨著互聯網興起的新一代創業者，在金錢上都不太計較一時的得失，反而更在意長遠的收益。

微一思索，歷隊說出一個自認對得起良心的價碼：「按百分之五的比例提成，怎麼樣？因為軟體推向市場還需要經過許多環節，每個環節都要留出利潤空間，我個人的利潤也只能提成到百分之十五。」

「足夠了，謝謝你，歷哥。」

商深很客氣地感謝了歷隊，現今智慧財產權保護的規章制度還不成熟，即使他發現他的創意被人竊取了，就算起訴對方也未必會贏，所以歷隊能主動向他分成利潤，已經是良心做法了。

「哈哈，借你吉言，商深。回北京後，記得找我，我們好好聊一聊。我可以預見，在不久的將來，互聯網大潮就會到來，到時我們一起暢游在互聯網大潮中，傲立潮頭。」

「好，回北京我一定去找歷哥。」掛上電話後，商深將電話還給馬化龍，朝馬化龍點了點頭，「謝謝馬哥。」

「不用謝我，我又沒做什麼，要謝就謝你自己。」馬化龍拍了拍商深的肩膀，語重心長地道，「剛才你平常心的態度讓我很受啟發，商深，我認為你以後的成就絕對會比歷隊更獨特更有意義。」

仇群點頭表示認可馬化龍的說法，剛才商深和歷隊的電話他只聽到了商深說的，沒聽到歷隊說些什麼，但是大概可以猜出一些。或許在別人看來，商深沒有精明的頭腦，不知道抓住送上門的機會討價還價，就和之前他和崔涵薇、王向西爭相邀請商深加盟時一樣，商深沒有借機抬價，而是擺出置身事外的態度，淡定從容地面對。

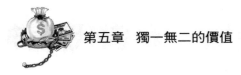

在善於算計的人眼中，八成會覺得商深傻得可以，卻不知道，商深不爭而爭的態度才是聰明的最高境界。或許退讓和被動會有一時的損失，卻可以換來長遠的收益。

李嘉誠的成功秘訣就是在和別人合作時，如果能賺八分的生意，他主動讓出二分，只賺六分。結果傳開後，許多人都爭相要和他合作。眼前退讓一小步，換來的卻是以後無數的合作，在目光短淺者的眼中，商深是吃虧了，但在目光長遠者看來，商深此舉才是聰明人的做法。

「互聯網時代，每個人都有可能走出一條與眾不同的成功之路，商深，我越來越看好你了，加油！」仇群也為商深打氣。

商深不好意思地摸了摸後腦勺：「現在應該是吃飯時間，不是誇人時間，各位前輩就不要捧我了。」

話剛說完，左邊的崔涵薇和右邊的徐一莫二人心有靈犀，同時一拍他的肩膀，異口同聲地說：「商深，我也越來越看好你了！」

「哈哈！」

眾人一起大笑。

吃完飯，馬化龍和仇群有事先行離開了，留下王向西繼續陪著商深和崔涵薇、徐一莫。

商深本以為王向西也會和馬化龍一起離開，不想王向西卻留了下來，他就知道王向西還有話要說。

「不如先回賓館吧。」正午的陽光過於刺眼，曬得人無法忍受，崔涵薇手搭涼蓬提議道。

崔涵薇的舉動讓商深想起在德泉縣時，范衛衛也常攸出手搭涼蓬的姿勢，雖然和范衛衛在同一個城市，感覺上卻彷彿有千山萬水的距離，他才想起手機被徐一莫關機後還沒有開機，就取出手機打開。

沒有任何訊息，他不免有幾分失望，「好吧，回賓館，外面太熱了。」

「我……方便一起嗎？」王向西徵求商深的意見。

「方便，我們住的是總統套房，房間很大。」徐一莫搶先說，她一推崔涵薇的胳膊，「你說呢涵薇？」

崔涵薇也沒意見。

到了酒店，王向西驚嘆：「你們居然住在威尼斯，太享受了。對了，你們知道威尼斯是誰的產業嗎？是范長天。可惜的是，范長天不看好互聯網的未來，不支持我和化龍的創業計畫。我和化龍登門拜訪，希望他投資我們的新公司，結果他毫不考慮地就拒絕了。」

想起范長天的冷漠，王向西自嘲地說：「總有一天，我會讓范長天後悔他的決定！」

「范長天？范衛衛？」

徐一莫想起了什麼，驚叫道：「薇薇，會不會范衛衛就是范長天的女兒呀？怪不得她一句話就能安排我們總統套房，原來她有一個這麼厲害的爹。」

哎，商深，你發了，賺到了，你的女朋友是億萬富翁的女兒，你以後如果娶了范衛衛，錢多得想怎麼花就怎麼花……」

「少說兩句吧。」崔涵薇伸手捂住徐一莫的嘴，制止道：「不說話沒人當你是啞巴。」

「我……」

徐一莫還想掙脫崔涵薇的魔爪，見商深神色不對，站在落地窗前，凝望窗外的景色，一言不發，就識趣地閉上嘴，朝崔涵薇使了個眼色。

「商深的女朋友是范衛衛？」王向西也驚呆了，「范衛衛可是有深圳第一千金之稱，據說有許多人追求她，但是她心高氣傲，拒絕了許多富家公子哥。沒想到她居然被商深俘虜了。商深，你可真行耶，我真的服了你。」

「行了，別說了。」徐一莫眼睛轉了轉，忽然一推王向西，抓起相機，「王哥，陪我下樓一趟買點東西。」

「買什麼？」王向西還沒有明白過來是怎麼一回事，就被徐一莫連推帶拉弄到了門外。

「怎麼啦？」出房間王向西才意識到哪裡不對。

「商深這次來深圳就是因為范衛衛，結果昨天才到，今天就急著要回北京，兩人肯定是出什麼事了。他不說，我和薇薇又不好意思問，八成是范長天不答應他和范衛衛交往，你想，他是多驕傲的一個人，肯定受不了范長天的冷漠和嘲諷，所以你就別提范衛衛了。」徐一莫快語如珠，說完後從相機中取出膠捲，「王哥，附近哪裡有洗照片的地方？」

「樓下就有。」王向西聽明白了事情的始末，嘆息一聲，「愛情說來就來，擋也擋不住。愛上范衛衛不是商深的錯，范衛衛愛他也不是錯，都是范長天的錯。」

「咻……」徐一莫被王向西繞口令一樣的話逗樂了，「其實我覺得范衛衛不適合商深，倒是薇薇和他挺配的，所以我決定趁現在想辦法撮合他和薇薇在一起。」一邊說，一邊揚了揚手中的相機。

「也是，崔涵薇家境也不錯，她和商深又有共同的語言，如果她和商深事業再合作的話，就是愛情事業雙豐收了。」王向西贊同徐一莫的說法，這時才注意到她手中的相機，「你洗照片做什麼？」

「保密。」徐一莫才不會告訴王向西，她要洗出崔涵薇和商深在飛機相依相偎的照片。

「好吧，保密就是保密，我不問就是了。」王向西嘿嘿一笑，「對了，

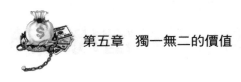

你有男朋友嗎？」

「沒有，怎麼了，你想追我嗎？」徐一莫毫不忸怩。

「……」

王向西被徐一莫的直接嚇到了，愣了愣，沒回答徐一莫的問題，趕緊轉移了話題，「能不能告訴我，崔涵薇是真的想和商深合作，還是只想替商深抬高身價？」

「當然是真心想合作啦，你想哪裡去了？」徐一莫白了王向西一眼，又噗哧笑道：「王哥，你和我們北方人尤其是北京人打交道，不用那麼多彎彎腸腸，只管有一說一就行，保管你可以如願以償地談判成功。如果你喜歡繞彎，喜歡算計，反倒會誤了正事。」

王向西不好意思地摸了摸腦袋：「說得好像我們南方人多壞一樣，其實也不是算計，而是考慮得稍微多一些而已。說實話，我真心覺得商深是個人才，願意和他合作。化龍提議和崔涵薇一起合作，也不是不可能，但要具體商量出一個合作方案才行。對了，你和崔涵薇是什麼關係？」

「發小、閨蜜，外加她最信任的朋友。」

來到樓下，徐一莫注意到果然有一家柯達快洗店，她一路小跑衝向快洗店，「王哥，你等我一下，馬上好。」

王向西應了一聲，站在門口耐心地等著。徐一莫矯健的身影就如一隻在陽光下翩翩起舞的蝴蝶，她的背影比他見過的所有女孩的背影都要好看。

「我也沒有女朋友。」他心中默念了一聲，會心地笑了。

「王向西應該沒有女朋友吧？看他的樣子就比你大一兩歲的樣子，一莫拉他下樓，是不是有什麼悄悄話要說？」

作為徐一莫的閨蜜，自認瞭解徐一莫的崔涵薇有意緩和一下氣氛地說。她也看出來，商深一聽到范衛衛的名字就情緒不高。

商深何止是情緒不高，而是心思浮沉，再次受到了巨大的衝擊。原本以為范衛衛家只是家境不錯，萬萬沒想到，范衛衛的爸爸范長天居然是威尼斯的大股東，也就是說，范長天的身家至少是數億以上！甚至更多。

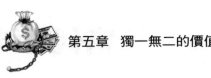

這太驚人，太出人意料，也太讓人喘不過氣來了！

商深覺得范長天就如一座高不可攀的高山橫亙在他和范衛衛之間，成了他和范衛衛無法逾越的屏障。不用去想范長天名下還有其他什麼資產，只一個威尼斯酒店就足以讓他望而卻步，不知道他要經過多少年的努力才能達到范長天的高度。

商深忽然感覺眼前的總統套房就如一個華麗的陷阱，他深陷其中無法自拔，想要脫身，卻又覺得無處用力。

以前和范衛衛在一起，他感受到的只有甜蜜和幸福，也許在貧窮落後的縣城，沒有生活的壓力和現實的逼迫，他們如同生活在童話中。現在回到現實世界，尤其是一切向錢看的沿海城市，第一次他覺得壓力超大。

回頭笑了笑，商深已經從低落中的情緒中恢復了幾分：「王向西比我大兩歲，有沒有女朋友不知道，不過徐一莫拉他下樓肯定不是為了說悄悄話，而是為了……」

「為了什麼？」崔涵薇眨動一雙靈動的大眼睛，倒了杯水給商深，想寬慰商深幾句什麼，卻又覺得現在提范衛衛的話題不太合適。

「為了給我們騰出空間。」

商深見崔涵薇主動倒水，有意逗逗她，「你怎麼變溫柔了？我還以為你永遠一副高傲的姿態。」

「高傲不是覺得自己高人一等，而是保護色。」若是平常，崔涵薇或許會和商深爭論一番，現在卻是一反常態，溫柔地說：「有的女孩用冷漠來保護自己，有的用隨和來掩飾自己，也有的用無所謂來表現自己，我只不過是用高傲來包裹自己罷了，說到底，是不想讓自己在人前顯得太容易接近。對了，你說一莫是為了給我們騰出空間，是騰出什麼空間？」

商深哈哈一笑，「說吧，崔總，你邀我加盟你的公司，是出於真心，還是只為了抬高我在仇群和王向西眼裡的價格？現在沒有外人，你可以放心地說出實話。徐一莫為我們騰出空間，自然不是騰出談戀愛的空間，而是騰出談判的空間。」

「呸，誰要和你談戀愛，你亂說什麼！」

見心事被撞破，崔涵薇又羞又急，她本來坐在床上，趕緊起身坐到沙發上，似乎離商深遠一些才能表明她並不喜歡商深。

「當然是出於真心，你又不是不知道我對互聯網的前景十分看好，以前就一直想投資一家互聯網公司，卻一直沒有合適的機會。現在遇到你，覺得和你還算有共同語言，而且你也有這方面的能力，所以就想和你合作。我在他們面前提出的條件，都是不打折扣的真話，你有不滿意的條件，可以再提。」崔涵薇道。

「先不說合作條件，先說說你的想法，對，還有你的個人情況，包括資

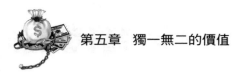

金來源，好讓我心裡有數。」

商深不知道崔涵薇心緒萬千，走過來坐到崔涵薇的旁邊，好離得近些談話。偌大的總統套房，此刻只有她和他，有一種時間靜止的感覺。崔涵薇心想，就這樣和商深一直下去該有多好，一直待到地老天荒，待到永遠。

等了足有幾分鐘之久不見崔涵薇回答，商深咳嗽了一聲，「咳咳……」

崔涵薇如夢方醒，意識到自己走神了，歉意地微微一笑，「不好意思，剛才想到了別的事。先說說我個人吧，我和哥哥——你見過他——開了一家貿易公司，公司目前的運營狀況還不錯，年利潤在三百萬以上。強調一下，我和哥哥的公司是白手起家，沒有借助爸爸的資金和力量。這次來深圳，就是和深圳的一家公司談生意，因為哥哥臨時有事來不了，我一個人又不安全，就特意叫一莫陪我來。」

「至於資金來源，我和哥哥的公司我占一半的股份，除此之外，爸爸也為我準備了一筆創業基金，隨時可以提取三百萬的資金。再不濟，我求爸爸讓他資助我幾百萬也不成問題。」崔涵薇一攏頭髮，目光平視商深的雙眼，「我很看好互聯網的未來，但新公司是從事硬體方面的經營還是軟體上面的服務，我還沒有拿定主意，想聽聽你的意見。」

商深沉思片刻：「你用ＩＣＱ嗎？」

「用。」

「我想編寫一個和ＩＣＱ類似的軟體推向市場，相信以後肯定會大有作為。」商深堅定了他要改寫ＩＣＱ的決心，手機普及的速度說明了人們對交流的渴望，隨著電腦和網路的普及，上網的人越來越多，因而方便快捷的網上交流將會成為潮流。

「好，我支持你。」

話一出口，連她自己都感到驚訝，不知道自己為什麼對商深的決定沒有絲毫的懷疑。在商深和范衛衛的感情問題上，她嚴重懷疑商深的審美眼光，但在事業的合作上，她卻深信商深的眼光不會出錯。為什麼她在對待商深愛情和事業的看法上有如此區別的對待？

「真的？」商深第一次感覺到崔涵薇的可愛。

誰都會對支持自己想法，和自己理念一致的人有好感，何況從某種意義上說，如果他和崔涵薇合作的話，崔涵薇將會是他的老闆，他驚喜交加。

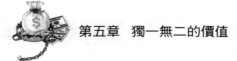

「你真的看好網路通訊軟體的未來？」

「當然啦，我天天上ＩＣＱ，現在有什麼事都會通過ＩＣＱ和哥哥聯繫。以前有什麼資料和文件都得用傳真的方式，現在收電子郵件就可以了。時代在進步，社會在發展，我們要搶佔時代的至高點，就是要比別人快上一步才能成功。」

崔涵薇的語氣四分傲然六分撒嬌，「你別小瞧我，雖然我不如你，不是電腦高手，但我有投資眼光。你是技術上的領先者，但如果沒有我這樣的有長遠眼光的投資人，你的技術只能是紙上談兵的理論，不會投向市場。」

「太好了。」商深激動之餘，一拍桌子站了起來，「涵薇，回北京後我們再討論一下合作的細節。」

崔涵薇甜甜笑道：「這麼說，你決定和我合作了？」

「還沒完全決定，等回北京後，我想再聽聽馬朵的意見。」商深憨厚地說，「馬哥的眼光比我長遠。」

「優柔寡斷！」崔涵薇空歡喜一場，不滿地白了商深一眼，「一個大男人，凡事不能自己做主嗎？幹嘛要聽別人的意見？」

「兼聽則明。」商深不理會崔涵薇的埋怨。

他是故意以退為進，因為他很清楚，和崔涵薇合作，以崔涵薇性格上的強勢和資金上的雄厚，必定事事掌控主動權，但他想要由自己掌控主動權，在他看來，在針對互聯網前景的分析上，崔涵薇的眼光還差了幾分火候。如果事事由崔涵薇說了算，也許會走向失敗。

當然也不是說他想的就一定正確，不過人都希望自己說了算，商深也不能免俗。以前他還不成熟，不知道自己的分量，現在經歷過這些事後，他意識到自己是一座價值連城的寶藏，有人要和他聯合開發他的寶藏，就必須他的地盤他做主。

「你這是待價而沽。」崔涵薇哼了聲。

雖然不滿商深的回答，卻也無奈，她有資金不假，但現在是買方市場，資金別人也有，但商深卻是獨一無二不可替代的技術高手，在一個軟體就有可能帶來一場風暴的今天，商深一人可抵百萬雄兵。或者說，商深本身就是不可估量的巨額財富，她只有耐心等待商深的明確答覆，別無他法。因為獨一無二的存在就擁有獨一無二的價值。

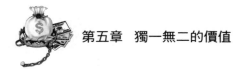

第六章

初吻

崔涵涵和商深同時「啊」了一聲，崔涵薇瞪大眼睛，
嘴唇和商深的嘴唇連在一起，她不敢相信眼前的一切，不會吧？
她的初吻就這樣被商深奪走了，
太氣人、太出人意料、太沒有情調了！嘴唇還火辣辣地疼。

崔涵薇起身去倒水，穿了短裙的她，彎腰的時候，裙擺上提，露出了大腿部分。由於正對著商深，商深不想看也看個正著，被崔涵薇緊致圓潤的好身材驚呆了。

崔涵薇的大腿非常漂亮，勻稱而圓潤，再看她的細腰和瘦削卻不顯單薄的雙肩，只看背影就足以讓人浮想聯翩，當真是個一等一的美女。

「喂，看什麼？色狼！」

商深一時入了神。崔涵薇回身見商深目光呆滯地盯著她的背影不放，想起她穿的是短裙，心知肯定被商深看了不少去，臉瞬間紅了。

商深如夢方醒，不好意思地說：「什麼都沒看見。」

「騙子！」崔涵薇羞嗔道。

她才不信商深的鬼話，她站在窗前，眺望遠處林立的高樓，在繁華之外的遠處，有正在建造的高樓和拆遷後的瘡痍。崔涵薇的心情忽然平靜下來，想起爸爸和哥哥，想起未來和事業，也想到如果和商深合作，她和商深會不會日久生情，最後因為事業的合作而成就了愛情？

如果商深和范衛衛分手了該有多好……不知為何，崔涵薇腦中忽然閃過一個自己都嚇了一跳的念頭，商深雖然沒說，但誰都可以猜到他和范衛衛之間肯定出了什麼狀況。可是她還是不明白自己的心思，怎麼就喜歡上了商深呢？商深有什麼好？窮小子一個，還挺有個性，表面上隨和，其實很有原則；長得也算有幾分帥，卻又不是超級帥的類型。好吧，勉強算他是個電腦天才，但又不是所有的天才最後都可以成功。

那麼她到底喜歡商深什麼？他又不會哄女孩開心，又不會甜言蜜語，只會氣人，就會誤會她、諷刺她！

對了……崔涵薇心思一動，是該告訴商深她和祖縱真正關係的時候了，不要讓商深一直誤會下去，萬一影響她和他的合作就得不償失了。

「商深，其實我和……」

崔涵薇回過身去，想向商深說個明白，不料一回頭才一邁步，卻一頭撞進了商深的懷裡。

「啊！」崔涵薇驚叫一聲，手中的熱水全部灑在了商深的身上。

原來不知何時，商深悄然來到她的身後，她回身的速度過快，不知道身後突然多了一個人，就收勢不住了。

僅僅是撞在商深的懷中還好說，重點是她手中的一杯熱水全部灑在了商深的身上，商深被燙得驚叫一聲，再加上崔涵薇的前撲之勢過快過猛，他站立不穩，身子朝後一倒，就摔在了地上。

好在總統套房全是地毯，商深仰面摔倒在地毯上，沒有摔疼。只是商深一倒，崔涵薇手忙腳亂之下也沒有站穩，又被商深的腳一絆，也摔倒了。

摔倒就摔倒吧，卻偏偏摔在商深的身上。儘管她不算重，但整個身體下衝的力道也很驚人，被她壓中的一瞬間，商深悶哼一聲，感覺胸口一陣發悶，隨後就被崔涵薇壓了個結結實實。

「剛才是誰說我是色狼來著？」商深被崔涵薇壓在身下，而且說巧不巧被她按住了雙手，就如他被她制服了一般，他無奈地笑道，「現在用事實說話，誰是色狼誰是好人，一目了然。」

「你！」崔涵薇本來壓在商深身上，羞不可抑，又被商深調侃，更是面紅耳赤，看都不敢看商深一眼，偏偏又和商深近在咫尺，不想看也躲不開，努力支撐身子想要起來。

「你就是流氓色狼壞蛋……」

她雙手支撐用力，卻忘了手正按在商深的雙手上，她一用力，商深吃疼，本能地回抽雙手。商深的雙手一抽回，她的手就失去了借力點，才起來一半的身子又朝前一撲跌落回來，崔涵薇以為商深故意使壞，正想開口罵商深幾句，才一張口，她的雙唇就印在了商深的嘴唇上。

「啊！」崔涵涵和商深同時「啊」了一聲，商深「啊」了一半，嘴就被堵了個嚴嚴實實，再也發不出一絲聲音了。

崔涵薇瞪大眼睛，嘴唇和商深的嘴唇連在一起，她不敢相信眼前的一切，不會吧？她的初吻就這樣被商深奪走了，太氣人、太出人意料、太沒有情調了！

不僅僅是沒有情調，而且由於速度過快，還碰了牙齒，讓她感覺不但沒有一絲浪漫可言，嘴唇還火辣辣地疼。

別說她了，商深也是嘴唇發麻，牙齒生疼，他哭笑不得，沒想到作為男人，被推倒也就算了，還被女人強吻，想他從小到大，還真沒有被女孩子這麼欺負過。一時心中極度不平衡，就想翻身把崔涵薇壓到身下，還沒有來得及有所動作，門突然被人推開了。

「照片洗得還真不錯，說明我的攝影技術高超。王哥，你說等有一天數位相機普及了，照片都存到電腦裡，想看哪張就看哪張，是不是就不用洗照片了？再如果網路發達了，拍好的照片都放到網上，想傳給誰就傳給誰，有人想要出名的話，一夜之間就能暴紅。哇，太神奇，太有意思了，想想就讓人激動不已……」

徐一莫洗好照片後和王向西回到飯店，她沒有多想，直接開了房門，推門一看，頓時驚得目瞪口呆，手中的照片失手落地，散成一片。

「啊，商深你想幹什麼？」

徐一莫乍看之下以為商深要欺負崔涵薇，就要上前一步去痛打商深，一邁步才發現情況不對，又停下了腳步。

「薇薇，你幹什麼？千萬不要衝動，你這是犯罪……啊，不對，我什麼都沒看見，我走錯房間了。你也什麼都沒有看見，對吧王哥？」一邊說，一邊還欲蓋彌彰地捂住了雙眼。

「扶我起來。」崔涵薇被徐一莫氣得哭笑不得，「我摔傷了，起不來了，快來幫忙。」

「摔傷了？」徐一莫不相信，「這樣也會摔傷，你們玩得太嗨了吧？」

崔涵薇氣得大叫：「我真是摔倒了，徐一莫，你再不過來，我就和你斷交！」

「兇什麼嘛?!」徐一莫這才急忙跑過來，拉起了崔涵薇，王向西也伸出援手，扶起商深。

「現在是什麼情形啊？」王向西嘿嘿一笑，笑容中透露出曖昧的意味。

「意外，純屬意外。」商深不好意思地抓抓頭，朝王向西使了一個眼色，示意他不要再揪著這件事不放。「你和一莫做什麼去了？」

王向西卻不肯放過商深，他比商深只大了兩歲，正是荷爾蒙分泌旺盛，追逐異性的年紀，他一把抱住商深的肩膀，將商深拉到一邊。

「老弟，你和崔涵薇到底是怎麼一回事？你們是商業上的合作關係還是戀愛關係？如果你們有姦情的話，我和仇群再怎麼爭也爭不過她的。」

「你想到哪裡去了？我有女朋友，她有男朋友，剛才的事情真的純屬意外，你看我身上的水……」商深向王向西展示身上的水漬，「就是不小心摔倒了，她摔在我的身上。我和她的合作，只會出於商業上的考慮，不會涉及到感情因素的。」

「那就好，那就好。」王向西笑瞇瞇的，顯然是半信半疑，「對了，我聽徐一莫說，晚上你要陪她們去參加一個談判？」

「嗯。」商深點點頭，見徐一莫和崔涵薇進了裡面的房間，才放鬆幾分，剛才的事讓他也大感尷尬，不知道該怎麼面對崔涵薇好。

「我正好沒事，方便的話，我陪你們一起去？」王向西想借機和商深加深感情，同時，他也想和徐一莫多些互動的機會。

商深點頭：「沒問題，歡迎。」忽然他想到了什麼，恍然大悟地道：「我明白了，你的目標是徐一莫。」

王向西憨厚地摸了摸鼻子：「我的主要目標是你，她是次要目標。我還沒有女朋友，就是不知道她有沒有男朋友？」

見王向西實話實說，商深笑道：「徐一莫應該還沒有男朋友，不過她不好追到手。她看似隨和，實際上是個對一切事很冷靜的人，在一起的時候看似和你很談得來，一轉身分開了，就會把你拋到腦後。」

「這樣呀……」王向西低頭想了想，「這樣也好，更有挑戰性。對了，剛才感覺如何啊？」

「什麼感覺？」商深一臉疑惑。

「別裝了，被崔涵薇壓在身下的感覺呀？這麼一個大美女被你抱了，能不覺得幸福嗎？別再說你們剛才是意外了，你們在飛機上就抱在一起了。」

王向西用手一指徐一莫扔了一地的照片，「嘿嘿，我都看到了。」

「看到什麼了？」商深更是一頭霧水了，低頭一看，見地上散落的照片中有一張很醒目，撿起一看，驚得差點沒有跳起來，「啊，怎麼會這樣？」

照片上是他和崔涵薇，崔涵薇的頭枕在他的肩膀上，他的頭則靠在崔涵薇的頭上，崔涵薇雙手抱住了他的胳膊，而他的手則緊緊抓著崔涵薇的手，二人相依相偎，就如一對熱戀中的戀人無比甜蜜。

商深頭大了，也火大了，衝裏間大吼一聲：「徐一莫，你給我出來！」

徐一莫怯生生地出來了，低眉順眼的樣子，似乎真的意識到自己的錯誤一樣。

「商哥，你別生氣，我又不是特意要沖洗你和薇薇的照片，是整卷都沖出來的，就算有錯，也是無心之錯，對吧？再說，你一個大男人別這麼小氣好不好，照片流出來，你又不吃虧，不是向來都是男人誇口女人丟醜，對吧？你看我拍得多好，不但光用得好，背影也虛化了，還把你拍得比本人白了不少，你別戴著有色眼鏡看問題，這是藝術照，不是豔照。」

商深被她的一番歪理弄得哭笑不得，拿起照片就要撕掉，卻被徐一莫一把搶了過去。

「別撕呀，薇薇還沒看呢。」徐一莫將照片藏到身後，「等薇薇看了再撕也行，你不能一個人決定兩個人的照片的命運，對吧？」

別說，徐一莫的話還真有幾分道理，商深想了想，喊了一聲：「涵薇，你出來一下。」

「就不！」裡面傳來崔涵薇的聲音，隨後又傳來她手機的響聲，「等一下，我在接電話。」

過了一會兒，崔涵薇從裏間出來了，換了身職業麗人的打扮，上身是短袖襯衫，下身是過膝的裙子，既正式又不失韻味，她揚了揚手中的電話：「客戶打來電話說現在就想見面。商深，你表現的時候到了。」

「我只是陪襯好不好？」商深笑道，「王哥說他也要當護花使者，你沒意見吧？」

「沒意見。」崔涵薇似乎忘記了剛才的不快，有王向西助陣，她高興還來不及，她招呼徐一莫，「一莫，趕緊準備一下資料，我們馬上出發。王哥，辛苦你了。」

「不辛苦。」王向西熱心地替徐一莫準備資料。

崔涵薇伸手拉住商深的胳膊，將他拉到一邊。

「王哥和一莫又是什麼情況？」她注意到王向西對徐一莫過於熱情，有些反常。

「誰知道呢？」商深搖搖頭，「頂多就是比正常情況稍微複雜一點的小情況，比不上我們剛才的大情況。」

「又來了。」崔涵薇回想起剛才的畫面，既甜蜜又羞澀，臉又紅了，「不許再說了，聽到沒？趕緊陪我去辦正事，談完後，就馬上回北京。到北京還有許多事情要做，不能再耽誤時間下去了。」

也是，崔涵薇這麼一說，商深也忽然歸心似箭起來了。

因為有了王向西的加入，崔涵薇對今晚的談判更有底氣，也不怕對方打什麼壞主意了，心情格外舒暢，一路哼著歌下樓。

雖然崔涵薇的嗓音不如歌星，但也出人意料的動聽，商深的心思被崔涵薇的歌聲帶動，思緒飛到北京，忘了照片的事。

徐一莫將照片扔到床上，也沒收拾，就和王向西有說有笑的下樓了。到了樓下，徐一莫和王向西自告奮勇去叫計程車，商深和崔涵薇則站在酒店門口等候。

還是王超那四個人值班，由於上次花機靈告訴他們范衛衛的真實身分，現在他們再也不敢小瞧范衛衛的貴賓，對商深和崔涵薇畢恭畢敬。

商深注意到迎賓員對他們態度一百八十度的轉彎，心裡大概猜到了原因，就又不可抑制地想起了范衛衛。

「你說有沒有可能等一天我有錢了，我會買下威尼斯酒店。」商深仰望一柱擎天的高樓，忽然心中生發豪情萬丈。

「一切皆有可能。」崔涵薇被商深臉上洋溢的自信光芒迷住了，心臟不爭氣地一陣猛烈跳動，忙深吸一口氣壓下澎湃的心潮。

「一個Hotmail可以賣出四億美元的高價，實際上Hotmail只是勝在創意，並沒有太多的技術含量。在互聯網的世界裡，財富神話不是以幾百萬美元為標準，最少上千萬甚至上億美元起價。商深，我相信你早晚會是互聯網大潮的舵手。我們趕上了好時代，就一定不要辜負這個時代。我也相信你的成功會是讓許多人仰望的成功，包括范長天；不要說一個小小的威尼斯酒店了，就是你想買下一個城市也不在話下。」

儘管崔涵薇的話有誇大之處，但商深聽了還是熱血沸騰。和范衛衛在一起的時候，他和她幾乎沒有談過這些，因為他們在互聯網的前景上沒有共同語言。和崔涵薇在一起，卻激發了他強烈的事業心和創業動力。

或許是和崔涵薇熟了些，又或許是崔涵薇的話讓他感覺他和她少了隔閡而多了親切，他在心理上就沒有那麼討厭崔涵薇了。

正好一輛汽車駛來，他和崔涵薇站的地方擋住了汽車的通行，他習慣性地一推崔涵薇，手扶住她的後背，和她讓到了一邊。

汽車停在酒店門口，卻沒有人下車。商深也沒在意，和崔涵薇並肩前行，正好徐一莫和王向西叫到了車，四人就上了計程車。

待計程車揚長而去之後，停在酒店門口的汽車車門打開，車上下來一個人，她呆呆地望著絕塵而去的計程車，身子晃了晃，手扶在車上才沒有摔倒。

怎麼會……這樣？她不相信自己的眼睛，卻又不得不接受眼前真實發生的事——從商深和崔涵薇站在門口談笑風生，到商深態度親密地扶著崔涵薇上車而去，如果再算上徐一莫和王哥的話，四個人正好是兩對，也不知道他們要去哪裡。

兩男兩女，多好的組合，商深這麼快就變心了？是，爸爸和媽媽是對他苛刻了些，但她對他一往情深，甚至為他發下三年不接受任何人追求的誓言，實際上她內心真實的想法是，何止三年，哪怕是一輩子她也會等他。

可是為什麼商深明明說要回北京，卻還留在深圳？留在深圳也就算了，卻沒有告訴她，而是偷偷地和崔涵薇在一起？如果商深說他沒有變心，沒有移情別戀，但剛才活生生的一幕又怎麼解釋？商深和崔涵薇已經到了親密無間的地步！

商深，你騙我！范衛衛心如刀割！

不過……范衛衛轉念一想，也許商深是受崔涵薇之托幫她什麼忙，她安慰自己，試圖說服自己商深並沒有背叛她，因為不管怎麼看，商深都不是一個會見異思遷的人。

范衛衛來威尼斯是來辦事，但在門口遇到商深和崔涵薇的這一幕後，她臨時改變了主意，決定去崔涵薇的房間看一看。

她強打精神，轉身走進大廳。

再次見到范衛衛的王超等四個迎賓員，見大小姐光臨，頓時打起十二分精神，齊聲向范衛衛鞠躬問好。

「范小姐好！」聲若雷震。

范衛衛卻沒聽見一樣，看也沒有多看四人一眼，昂首走進了酒店。

倒不是范衛衛傲然，而是她心思壓根不在四人身上。她找到花機靈，在花機靈的陪同下，來到崔涵薇和徐一莫的房間。

雖然知道私闖別人房間不對，但范衛衛顧不了那麼多了，她想弄清楚商深到底有沒有和崔涵薇在一起。

范衛衛不停地安慰自己，商深不是那種見異思遷的人，他對她的愛一往情深，絕不會移情別戀。商深是慢熱的性格，他不會也不可能這麼短的時間內就喜歡上崔涵薇。

但在邁進房間的一刻，范衛衛的心急速地墜落，一路下沉，直沉到了萬丈深淵。地上放著一個藍色的提包，她再熟悉不過，正是商深的行李。

商深真和崔涵薇在一起了？不會，一個行李說明不了什麼。范衛衛再次安慰自己，目光落在床上散落的照片上，頓時驚呆了。

不，不是驚呆，是震驚不已——照片上，商深和崔涵薇相依相偎，二人雖然閉著眼睛，卻可以看出臉上露出的幸福和甜蜜，分明是熱戀中的戀人模樣！商深！你！太過分了！

范衛衛感覺心中最珍貴的東西瞬間破碎了，灑落了一地的玻璃心，心碎的感覺真的是太難受了，她彎腰蹲了下來，心疼得讓她無法站立。

花機靈默默地站在范衛衛的身後，她心疼范衛衛，卻又不能為她做些什麼。感情上的事，只能靠自己想通，心病還須心醫。女孩在成為女人的過程中，必然要經歷感情之傷，她暗暗搖搖頭，總有一天衛衛會明白，男人靠不住，靠得住的只有自己。只有自己強大了，才能活得瀟灑，活得快樂。

也不知在地上蹲了多久，范衛衛手扶著床站了起來，臉上淚痕未乾，拿起電話。

「媽，我準備好了，不用等了，明天就可以出國。是，我決定了，就明天，一天也不想再在國內待下去了。」

放下電話，恢復了一臉堅毅之色的范衛衛對花機靈說道：「花姐，崔涵薇在威尼斯的一切費用全免。不管她消費了什麼。」

花機靈點點頭，她不忍看到范衛衛難過，安慰道：「衛衛，你要是覺得難受就哭出來，別憋在心裡。」

「我不難受，我很好。」范衛衛強忍著不讓淚水再次滑落，努力笑了笑，「以前我總覺得我對不起商深，虧欠他許多。現在好了，終於卸下了心理負擔。欠一個人的感情債真的很累，現在我不欠他什麼了，希望他一切都好，開開心心地過好每一天，我在國外也就安心了。」

話未說完，淚水奪眶而去，范衛衛再也支持不住，一頭撲在床上，嚶嚶痛哭起來。

「衛衛……」花機靈輕拍范衛衛的後背，想安慰她卻又無從開口，只好勸道：「只有經歷過痛苦你才會長大，這就是人生，既殘酷又無奈。也許有一天你還會感謝今天發生的一切，因為等你遇到了更好的人時，你才會明白一個道理，當你放下這個人的時候，更好的那個人已經在為你等候了。」

「不用了……」范衛衛努力支撐著站了起來，淒然地道：「男人都一樣，沒什麼好和更好，我想我再也遇不到和商深一樣的人了，連他都會背叛我，我還能相信誰？」

「也許是有什麼誤會。」花機靈對商深的印象不錯，勸解道：「你打個電話問問他？」

范衛衛拿出電話，猶豫了片刻，終究沒有撥出那個無比熟悉的號碼：「還是給他也給我自己留下一個美好的回憶吧。」

話雖如此，她還是發出了一封短訊。

收到短訊時，商深一行已經到了目的地——上龍河餐館。

下車時，商深聽到手機響，拿出手機一看，是范衛衛發的短訊，是一首詩：「君問歸期未有期，巴山夜雨漲秋池。何當共剪西窗燭，卻話巴山夜雨時。」是李商隱的《夜雨寄北》。

徐一莫正好站在商深旁邊，無意中看到了短訊內容，嘻嘻笑道：「范衛衛很有文采嘛，她是在暗示你什麼。《夜雨寄北》……深圳在南北京在北，對了，肯定是在問你有沒有回北京？你不會還沒有告訴她你還在深圳吧？」

「她不知道我還在深圳。」商深想了想，回覆道：「一切安好，勿念。」說：「我一直在猶豫要不要告訴她真相，想來想去還是覺得不說為好。如果她知道我還在深圳，再知道我和你們在一起，肯定會多想。」

「多想什麼呢？」崔涵薇一攏頭髮，她很想知道商深到底和范衛衛發生了什麼事。

「反正就是胡思亂想，容易引起不必要的誤會。」商深不願多說，「不說范衛衛了，辦正事要緊。」

見問不出什麼，徐一莫朝崔涵薇投去了無可奈何的眼神，崔涵薇卻若無其事地笑了笑，回應了徐一莫一個ＯＫ的手勢。

四人進了餐館，來到約定的二號包間。推門進去，房間中已經等候了三個人。

三個全是男人，都是三十歲左右，清一色的留著平頭。商深掃了一眼，如果分別用一個特點概括三個人長相的話，就是鷹鉤鼻、三角眼、招風耳。

三人見到崔涵薇和徐一莫，眼前一亮，等再看到兩人身後的商深和王向西時，眼神中又迅速閃過一絲不滿和怨恨。

「崔小姐嗎？」鷹鉤鼻顯然是為首者，站起來迎接商深幾人，「先自我介紹一下，我叫黃廣寬，是太平洋貿易有限公司的總經理……」

隨後又依次介紹了三角眼和招風耳。三角眼叫姚朝濤，是副總，招風耳叫蔣友，也是副總。崔涵薇也為黃廣寬介紹了商深、徐一莫和王向西，卻只介紹名字，沒有提及商深三人的職務。

黃廣寬的目光不停地在商深和王向西的身上掃來掃去，想弄清商深和王向西與崔涵薇、徐一莫到底是什麼關係，觀察了半天卻不得要領。

王向西還好，和崔涵薇、徐一莫明顯關係不太密切，似乎才認識不久，而商深和崔涵薇、徐一莫的關係說密切似乎密切，說疏遠又有些疏遠，讓黃廣寬摸不清狀況。

黃廣寬、姚朝濤和蔣友三人經營了一家貿易公司。在九十年代時，尤其是在南方沿海城市，有多如牛毛的所謂貿易公司，大多數是皮包公司，兩三個人租一間辦公室，憑藉天花亂墜的口才到處坑蒙拐騙，能騙成一筆生意是一筆。公司的全部家當都在隨身的皮包中，所以叫皮包公司。

黃廣寬的公司也是眾多皮包公司之一。本來黃廣寬並不認識崔涵薇，一個偶然的機會他去北京出差，在一次聚會上見到了崔涵薇，立時驚為天人。千方百計打聽到崔涵薇的姓名之後，又瞭解到崔涵薇和崔涵柏合開了一家公司，就以尋求合作為由和崔涵柏接上了頭。

崔涵柏既然開公司，自然願意生意越做越大，雖然他也算是見過世面的人，但在生意場上還是經驗稍有欠缺，以為只要是深圳的公司就必定是有錢的大公司。黃廣寬有合作意向，主動送上門來，他喜出望外，並沒有深思好事的背後有沒有隱藏著陷阱。

黃廣寬對和崔涵柏做生意興趣不大，他的興趣主要落在崔涵薇身上。在他眼中的崔涵薇猶如天女下凡，嬌美不可方物，他只見一次就日思夜想。但作為情場老手和獵豔高手，他深諳欲速則不達的道理，於是一點點地步步推進和崔涵柏接觸，讓崔涵柏深信他真是想和他談成一筆三百萬的生意。

其實黃廣寬的真實目的自然是為了想得到崔涵薇。當然了，如果在得到崔涵薇的同時還可以騙到崔涵柏的錢就更好了，在他的成功定義裡，財色兼收才是做人的最高境界。

這次他約崔涵薇和崔涵柏來深圳談生意，已經預先做好了充足的準備，保管讓崔涵薇來了之後就別想完整地回去。至於如何繞開崔涵柏對崔涵薇下手，他也想好了對策。不料崔涵柏有事不來了，只有崔涵薇一個人前來，他樂開了花，真是天助他也。崔涵薇隻身一人前來，如果還能逃過他的手掌心，就太對不起如此大好良機了。

崔涵柏還天真地以為黃廣寬真是一個實力雄厚、可以弄到許多緊俏物資的人，主要也是黃廣寬說大話吹牛皮從來不打草稿，什麼都敢吹，不管崔涵柏說需要什麼，他都是一句話：「沒問題，包在我身上。」

崔涵柏最大的不足之處在於不瞭解人心險惡，不知道南方沿海開放城市雖然比內陸發達，但正如打開窗戶一樣，在吸引外資和引進全新的管理理念的同時，也飛進了蒼蠅蚊子。在相當長一段時期內，操一口南方口音並且西裝革履的老闆，要麼是真正的生意人，要麼就是道地的大騙子。很可惜的是，崔涵柏遇到的黃廣寬正是一個道地的大騙子，不但騙財還騙色的巨騙。

自始至終，崔涵薇都沒有和黃廣寬有過正面接觸，甚至連電話也沒有通過，一直都是崔涵柏在聯繫。對黃廣寬她一直沒有好印象，通過崔涵柏的轉述，她總覺得黃廣寬說話過滿過大。

商場中人，都是說話留有三分餘地，和官場中人一樣，凡事不可太圓，承諾不可說死。所以她向崔涵柏建議不要和黃廣寬來往，崔涵柏卻不聽，堅信自己的判斷沒錯，認定黃廣寬是個實力堅強、路子多的大老闆，非要讓她走一趟。拗不過崔涵柏，加上她也想來深圳看一看，就勉強答應了下來。

來到深圳後，她和黃廣寬通了幾次電話，先是說昨晚見面，後來又推到今天中午，再後來又改成了晚上。一變再變的做法，讓崔涵薇對黃廣寬下了一個辦事不靠譜的結論，加上她以前沒少遇到被異性變著花樣的騷擾，兩個女孩赴宴，又是陌生人的飯局，畢竟不安全。想到商深正好在深圳，就想讓商深陪她和徐一莫赴宴。

讓崔涵薇大感欣慰的是，除了商深外，還有王向西也當起護花使者，心裡便踏實多了。不過在見到黃廣寬一方居然是三個大男人時，她的心情又莫名煩躁起來。對方都是三十多歲的年紀，比起商深和王向西才二十多歲的閱歷，自然整人的手法豐富，也不知道商深和王向西能不能抵擋對方的進攻。

崔涵薇有了主意，如果勢頭不對，她就立即撤退，決不戀戰，更不會為了生意讓自己和商深他們以身試險。

剛才黃廣寬見到商深和王向西的一瞬間眼神中流露出的失望和怨恨，被崔涵薇盡收眼底，她心裡更明白了幾分，先不管對方是不是騙子，只說對方不懷好意的企圖，她就將對方劃歸到了壞人加色狼一類之中。

這麼想著，她朝商深悄悄使了一個眼色。

商深卻沒有注意到她的暗示，彷彿神遊物外一般，崔涵薇大失所望，商深也許就像許多宅男一樣，應付場面上的事完全不行，一會兒別幾杯酒下肚當場出醜就謝天謝地了。

第七章

鴻門宴

其實在酒局開始不久她就清楚了一個事實，
今天是鴻門宴，對方根本就沒有談生意的意思。怎麼辦？
崔涵薇後悔不迭，早該一進門就全身而退，對方也不可能強留他們不成！
都怪她當時猶豫不決，沒有當機立斷的勇氣。

「崔總遠來是客，今天不談生意只談風月，哈哈，來，我先敬崔總一杯。」黃廣寬察言觀色，心中又重新打好了主意，在他看來，商深和王向西都不過是剛剛二十出頭的毛頭小夥子，沒見過什麼場面，經驗不足，相信幾圈下來就會喝趴下，到時他就可以為所欲為了。

射人先射馬，擒賊先擒王，他集中火力對付崔涵薇，剩下的商深、王向西和徐一莫三個人交給姚朝濤和蔣友，相信他們以二敵三，也可以輕鬆獲勝。這麼一想，黃廣寬的眼光又在徐一莫的身上掃了掃，頓時心癢難抑。

徐一莫初看之下不如崔涵薇驚豔，但她的身材健美又遠非崔涵薇可比，更讓他欲火焚身的是，徐一莫渾身上下散發的青春氣息比崔涵薇的端莊更有野性，也更能激發男人的征服欲。

太好了，黃廣寬因為商深和王向西的意外出現而導致的壞情緒消散了不少，說不定今晚他可以一箭雙雕，哈哈哈。

崔涵薇酒量有，但不大，平常她很少單獨赴宴，都是和哥哥在一起，酒都由崔涵柏擋下。現在她首當其衝成了靶子，如果只有她和徐一莫在場，她說不定還真會怯場，現在有商深在場，又有王向西坐鎮，她淡定地舉起酒杯和黃廣寬碰了杯，輕抿了一小口：

「我酒量有限，不過黃總盛情難卻，我就勉為其難喝一口。不多也是心意，黃總不要見怪。」

「不會，怎麼會！」崔涵薇的話滴水不漏，初次見面，黃廣寬不好逼之過急，連連擺手道：「多少都是心意，崔總太客氣了，來，吃菜吃菜。」

隨後，黃廣寬開始了第二輪敬酒。

商深緊鄰崔涵薇而坐，當仁不讓成了黃廣寬的攻克對象。本來黃廣寬的策略是集中火力對付崔涵薇，剩下的三個人交由姚朝濤和蔣友擺平，現在他臨時改變了主意，因為崔涵薇比他想像中更難拿下，不如先斬落商深，斷崔涵薇一臂再說。

「商深，我比你大了幾歲，就托大當哥了，來，黃哥敬你一杯。」

黃廣寬面前擺了三種酒，白酒、啤酒和紅酒，剛才和崔涵薇碰杯時是紅酒，現在他卻端起白酒，意圖很明顯，要速戰速決。

商深端起茶杯：「黃總，我不會喝酒，就以茶代酒……」

「不行。」黃廣寬以親切的霸道奪過了商深手中的茶杯，「男人不喝酒還叫男人嗎？還以茶代酒，茶就是茶，能代替酒嗎？就和白條代替不了人民幣一樣，對吧？喝酒，不喝就是不給黃哥面子。」

「就是，黃哥在深圳也是有頭有臉的人物，有多少老總、處長甚至是局長想和黃哥喝酒，黃哥都不賞臉，現在黃哥主動和你喝酒，小商，你要是不喝就不對了。怎麼，是不是想讓旁邊的美女替你喝？」

姚朝濤陰陽怪氣地調侃商深，作為黃廣寬多年的跟班，他對黃廣寬的一個動作一個眼神都瞭若指掌，很清楚黃廣寬劍鋒所指之處，正是看上去最憨厚老實的商深。

徐一莫端起啤酒，遞到商深的手中：「你再不能喝，一瓶啤酒應該沒有問題，喝吧，你頂不住的時候，我替你。」

「怎麼，還真要讓美女替你喝啊？是男人就不能認慫啊。」黃廣寬見商深猶豫不決，就有幾分不滿，調侃的語氣中帶著嘲諷。

商深仍是為難的表情，接過啤酒，皺著眉：「要說吹牛我還在行，喝酒真的不行。黃總，你不能強人所難吧？」

「真不爽快。」黃廣寬被商深的一拖再拖惹火了，一口喝乾杯中的白酒，不滿地說：「如果你不覺得丟人，不覺得我欺負你，我喝白酒你喝啤酒，總行了吧？」

「對不會喝酒的人來說，你喝白酒我喝啤酒也算是欺負人。」

商深勉為其難地喝了一小口啤酒，酒一入口，立刻一臉痛苦的表情，似乎有多難下嚥一樣，皺了半天眉頭才咽下最後一口，放下酒杯，大口地喘著粗氣。

黃廣寬和姚朝濤、蔣友三人對視一眼，目光中盡露鄙夷之色。除了鄙夷之外，還有幾分得意。商深酒量這麼淺，估計不出三個回合就可以結束戰鬥了。就連崔涵薇也是微微皺眉，露出不悅之色，商深的酒量淺沒什麼，但也太不爽快了，男人就得有男人的樣子，就算再不能喝，也不能認輸啊。

徐一莫伸出手，輕輕拍了拍商深的後背：「行不行？真不行的話，下面我都替你喝了。」

「我再試試，實在不行你再上。」商深臉憋得通紅，好像馬上就要醉倒一樣。

「真是的，你酒量怎麼這麼差？」崔涵薇搖了搖頭，「不能喝就算了，別逞能。」

商深勉強笑了笑，沒有說話。

「王總，我敬你。」既然黃廣寬和姚朝濤的矛頭都對準了商深，蔣友也不能閒著，就舉杯向王向西發動了戰爭，「王總是深圳人，酒量應該可以吧？喝白酒還是紅的？」

「都行，隨意。」

王向西酒量也是一般，本來他不想衝鋒在前，想保持清醒以便保護崔涵薇和徐一莫，他看出來黃廣寬三人不懷好意，但眼下情形如果他再不喝的話，估計很難過關，就一咬牙頂上了，

「你喝什麼我陪什麼。」

「爽快，這才叫男人。喝紅的吧。」

蔣友有一個外號叫「千杯不倒」，一般人都會被他的外號嚇倒，卻不知道他喝酒有選擇性，白酒一杯倒，啤酒三杯倒，紅酒才是千杯不倒，知道他深淺的人只要和他喝紅酒以外的酒，他就會立馬認輸。

倒了半杯紅酒，蔣友和王向西碰了碰杯，二人舉杯示意，隨後都一飲而盡。

「來，我敬美女。」

姚朝濤見商深毫無戰鬥力可言，而且喝酒極不爽快，對商深失去了興趣，舉杯向徐一莫進攻，「美女，你的身材簡直太好了，我還從來沒有見過和你一樣身材健美的美女，是不是平常每天都鍛煉身體？」

女人都喜歡讚美之詞，徐一莫也不例外，當即心花怒放，和姚朝濤碰了碰杯，毫不含糊地一飲而盡：「謝謝誇獎，平常當然要鍛煉身體了，不鍛煉不能保持好身材。身材好，心態才好。心態好，人才好，對吧？」

「對，對，說得太好了，就衝這句話，應該再喝一杯，不，三杯。」姚朝濤大喜過望，和崔涵薇的矜持以及商深的無能相比，徐一莫的爽朗奔放他喜歡，也不等徐一莫是不是同意，連乾了三杯，然後舉杯朝徐一莫示意，「先乾為敬。」

「哎呀，一口氣喝三杯，太厲害了，我真佩服你，姚哥。」徐一莫扭捏地轉動手中的酒杯，「我一個女孩子，酒量本來就不行，再一口氣喝三杯，肯定要喝醉的。你是男人，要懂得憐香惜玉，不能欺負女孩子，我先喝一杯好不好？」

徐一莫一邊說，一邊眨動眼睛，既楚楚動人又楚楚可憐。

姚朝濤也算閱女無數了，但在徐一莫的清純外表和健美身材以及亦真亦假的撒嬌下，還是敗退了，只堅持了三秒鐘就投降：「好，先喝一杯，不欺負你，我是好人，怎麼會欺負你一個小女孩呢？」

黃廣寬心中暗罵一聲，說好的策略呢？真沒用，被小女孩的媚眼迷得神魂顛倒，沒見過女人呀？

腹誹歸腹誹，卻還是保持風度，正要舉杯再敬崔涵薇時，徐一莫卻主動向他挑釁了。

「黃總，雖然你是主人，我們是客人，但客人理應要感謝主人的熱情好客，來，我敬黃總。」徐一莫拿起一個空酒杯，伸到商深面前，「我喝紅酒，商深，倒酒。」

商深伸手拿過酒瓶，為徐一莫倒了小半杯，目光中閃過一絲微不可察的光芒。

「你喝紅酒我陪你紅酒。」黃廣寬不甘示弱，也拿起紅酒杯子，高高舉起，「美女敬酒，必須一口喝光，乾了。」

他是一口喝乾了，徐一莫卻只是抿了抿就放下了杯子：「商深，你倒酒的技術不行，好好的紅酒讓你倒酸了，太難喝了。不好意思黃總，我喝酒很挑剔，不合口味的不喝。這樣好了，我再敬你一杯啤酒好不好？」

「哎呀，不好意思，我以前沒倒過紅酒，真不知道紅酒該怎麼倒，對不起。」商深忙點頭認錯，憨厚老實的樣子和誠懇的態度，讓人實在沒法對他生氣。

玩我是不是？黃廣寬沒對商深生氣，卻對徐一莫生氣了，他拿過啤酒杯，斜著眼：「好呀，不過你得先喝。你喝多少，我喝多少。」

「黃總可要說話算話啊。」徐一莫話一說完，一仰脖，滿滿的一杯啤酒一飲而盡，然後重重地一放杯子，豪邁地說：「和我喝酒的男人，沒一個慫包，黃總更不是。」

明明知道是激將法，黃廣寬卻還是被激起了火氣，主要也是徐一莫清純的外表和她喝完啤酒一抹嘴巴的豪爽形成了鮮明的對比，她的狂野越是激發男人不願意在她面前認輸。

和她的氣勢過人相比，商深始終穩坐釣魚臺，在現階段的正面狙擊戰中，他既沒有衝鋒在前，又沒有指揮若定，而是畏縮地偏坐一隅，以沒有見過大場面的懦弱置身事外，表現出了讓人失望的無能。

「我從小到大就沒有慫包過！」黃文寬也是一口喝乾了杯中酒，然後將酒杯倒扣在桌上，「徐小姐，接下來怎麼喝，你說了算。只要你說，我就奉陪到底。」

「好，黃總是爽快人，我們就一對一喝吧，怎麼樣？」

徐一莫明明穿的是短袖，卻還要做出挽袖子的動作，她擺了三個杯子，

「商深，來，倒酒，一個白酒一個啤酒一個紅酒，倒滿。」

「都倒滿？」商深嚇了一跳，他懷疑地看了看徐一莫，「你行不行啊？不行別逞強。」

「我不行你行？你行你上呀。」徐一莫瞪了商深一眼，「我今天和黃總，不，黃哥一見如故，就想和黃哥多喝幾杯，怎麼了，你嫉妒了？嫉妒有什麼用，有本事用酒量說話才是男人，哼！」

商深無話可說，翻了翻白眼，聽話地倒滿三杯酒。

「一莫……」崔涵薇急了，想要阻止徐一莫。

「一莫小姐，我來喝吧。」王向西想為徐一莫挺身而出。

「你們不用管我！」徐一莫大喊一聲，呼地站起來，「我不需要你們幫忙，黃哥，說好了，你也不要別人幫忙，我們就是單挑。」

「行，一對一。」

黃廣寬笑顏逐開，他相信以他的酒量，徐一莫完全不是對手，既然徐一莫主動送上門來，他再不笑納就太對不起自己的「良心」了。

「你們也別閒著，也一對一啊，來，嗨起來。」黃廣寬暗示姚朝濤和蔣友也行動起來，最好在最快的時間內結束。

得到授意，姚朝濤和蔣友交流了一下眼神，兩人立刻有了決定，姚朝濤向崔涵薇進攻，蔣友把目標鎖定王向西，至於商深，因為戰鬥力太弱而且太不爽快，就被直接無視了。

商深則是輪流給眾人倒酒，跑來跑去，不亦樂乎，像個店小二。一時場面陷入了混戰之中。

半個小時後。

崔涵薇眼神迷離，還好她只有五分醉意，反倒是和她對壘的姚朝濤臉紅脖子粗，明顯有了七分醉意的樣子。而蔣友酒量確實過人，臉不紅心不跳的樣子，連三分醉意都沒有；王向西卻慘了，幾個回合下來，趴在桌上動彈不得。而徐一莫和黃廣寬的戰局則進入了僵持階段，徐一莫嬌憨之態畢露，臉色紅潤，雙眼迷離，甚至裸露在外的胳膊也泛著紅，都快站不穩了，卻還是衝著黃廣寬舉杯道：「黃哥，再乾最後一杯。」

黃廣寬的酒量似乎深不可測，沒有半點醉意，他也站起來，哈哈一笑：「徐妹妹，你醉了。」

「我……我、我沒醉，還要再喝。」

徐一莫手一滑，手中的酒全部灑了出來，正潑在黃廣寬的胸前，頓時濕了一片，她卻沒有發覺，兀自說道：「喝，再喝一杯，你看，我乾了你還沒有乾，真不男人。」

「你的酒灑了，哪裡是乾了？」黃廣寬啼笑皆非，糾正徐一莫。

「什麼，你的意思是說我耍賴？」徐一莫用手指著黃廣寬的鼻子，「黃哥，你怎麼能這樣，一個大男人喝不過我就耍賴，我生氣了。」

「啪」！她摔了杯子。

黃廣寬被她的嬌憨逗樂了，仰頭喝乾了杯中酒：「好好，是我耍賴，怪我，徐妹妹別生氣。」

「崔總，再乾最後一杯？」

姚朝濤雖然酒意上湧，但見距離打倒崔涵薇只有一步之遙了，就打算再加把勁，哪怕拼了自己醉倒也要成全黃廣寬。

「就最後一杯了，我保證。」崔涵薇確實有了五六分醉意，她本來不想再喝所謂的最後一杯了，因為已經記不清是多少個最後一杯了，正要開口拒絕時，目光正好落在商深身上。

商深是幾人之中酒喝得最少的一個，他沒有絲毫醉意，不但沒有幫醉倒的王向西擋酒，連她和徐一莫，他也沒有幫上忙，崔涵薇忽然一陣心寒，原本指望商深陪她們來可以替她們抵擋一番，不成想百無一用，在場面上商深完全就是個廢物。

也許她真是看錯人了，如果商深只是一個技術人才，不會應付應酬場面的話，她也許該重新考慮一下如果合開公司商深的定位了，頂多讓商深擔任負責技術的副總，而不能讓他擔任公關工作。看來商深的能力也就是到技術為止，他不是一個綜合型的全面人才。

不知為何，她心中升起濃濃的失落感，或許是商深今天的表現太讓她失望了，又或許是覺得商深沒能給她渴望的安全感；又或許是在她心中的商深太完美，一下子幻想破滅，心理上的落差讓她百感交集。

「好，最後一杯！」崔涵薇倒滿一大杯啤酒，和姚朝濤一碰杯，然後幽怨地看了商深一眼，一飲而盡。

由於喝得過急嗆著了，她咳嗽起來。商深遞上紙巾，輕輕拍拍她的後背：「別太勉強了。」

「不勉強怎麼行，又沒人替我獨當一面。」崔涵薇忽然無比討厭商深，伸手推開他，「你離我遠點，省得聞到酒味就醉了。」

商深跟木頭一樣，被推開後，只是憨笑一下，既不解釋也不反駁，站在一旁呆呆地不動。

真是蠢驢！姚朝濤鄙夷地看了商深一眼，也一口喝乾了杯中的啤酒，反正商深已經不足為慮，他只需要把崔涵薇灌倒就算圓滿完成任務。以目前的形勢來看，自己一方獲勝已成定局，不必擔心再有意外發生了。

這麼一想，他一時高興，就有意逗逗商深這個笨蛋，倒了滿滿一杯白酒，高舉到商深面前：「商老弟，半天你沒有喝一口酒，顯得我們招待不周啊，我心裡過意不去，這樣吧，你如果敢喝完這杯酒，我就敢喝一瓶。」

商深連連擺手：「不行，真的不行，我不會喝酒。」

「三兩對一瓶你都不敢？」姚朝濤譏笑一聲，伸手拿過一瓶白酒打開瓶蓋，作勢欲喝，「要不我先乾為敬？」

商深怯怯地接過杯子，才聞了聞就咳嗽起來：「真要喝呀？」

「當然要喝了。」姚朝濤眯著眼，從眼縫中斜視商深，至此他已經徹底看扁了商深，覺得商深是個徹頭徹尾的魯蛇，索性從商深手中奪過杯子，倒出一半白酒，然後又還給商深，「你敢喝一半，我就喝一瓶。」

「說話算話？」

商深依然是一副懦弱的樣子，他畏縮的姿態讓崔涵薇恨不得踢他一腳，罵他聲窩囊廢，然後再從他手中奪過酒杯替他喝光。三兩酒，不，一兩多酒而已，一個大男人，是有這麼廢嗎?!

此時徐一莫和黃廣寬還在廝殺，不過已經過了最猛烈的階段，只是零星的小打小鬧了，徐一莫有了八分醉意，黃廣寬看似也有五分醉意。

王向西已經動彈不了，棄械投降了，伏在桌上呼呼大睡，蔣友卻仍很清醒，見姚朝濤正在集中火力絞殺商深，立時加入了戰局。

「這樣吧，商深，你如果喝了杯中酒，不但朝濤陪你一瓶，我也陪你一瓶……啤酒，怎麼樣？」

蔣友就是要讓商深無路可退，他是酒場老手，早就看出商深酒量極小，杯中白酒雖然不到二兩，商深一下肚八成立即會醉倒。

不過他也留了後路，只答應陪一瓶啤酒。商深一醉，就只剩下半醉的崔涵薇和七八分醉的徐一莫了，她們插翅難飛。

崔涵薇被姚朝濤逼得過緊，加上被商深氣得激發了倔強的一面，一時沒有控制住喝多了，現在清醒了幾分，審視目前的形勢，頓時大吃一驚，原來不知不覺中，她還是被黃廣寬幾人算計了。

現在她和徐一莫醉倒只是早晚的事，王向西大醉不起，商深成了唯一清醒的人，她腦中驀然閃過一個念頭，會不會剛才一推再推、說什麼也不喝是商深故意為之的養精蓄銳之計？如果真是如此，商深就太高明了。

又一想，搖搖頭，還是別再幻想了，剛才商深畏畏縮縮的樣子，看了就令人生氣，求人不如求己，指望商深？還是算了吧！

崔涵薇收回心思，不再幻想商深可以幫她解圍，苦思脫困之策。

「真要這樣嗎？你們也太熱情了，我真的不喜歡喝酒，你們不用勸我。」商深抓了抓頭，「醬油，你就別為難我了，是我和姚朝濤的事，你在一邊打打醬油就行了。」

蔣友的名字諧音醬油，平常沒少有人拿他的名字開玩笑，他也最不喜歡別人喊他醬油，商深這麼窩囊的一個廢物也敢嘲笑他？

蔣友頓時火了，二話不說拿起酒瓶一口乾了，然後將酒瓶扔到桌上：「我喝完了，你看著辦。」

商深嚇傻了，呆呆看著蔣友，然後又看向姚朝濤：「你還陪一瓶嗎？」

「陪。」姚朝濤早就不耐煩了，商深真會磨蹭，讓他無比煩躁，不過一瓶白酒可不能像一瓶啤酒一樣一口喝光，他倒滿一個三兩的杯子，說：

「我先喝三兩。如果我喝完後你再不喝的話，商深，你就太不給面子了，到時別怪我們欺負你。」

話一說完，也一仰頭乾了。

「商、商深，你怎麼變成兩個了？咦，你長得好帥呀，來，讓我親親。」此時徐一莫酒意發作，身子一歪靠住商深的身子，又伸出手摟住商深的脖子，「我好像有一點點喜歡你了，你喜不喜歡我？」

崔涵薇臉色一變，伸手拉開徐一莫：「一莫，你喝醉了，別鬧。」

「我沒醉，我就是喝多了。喝多不是喝醉，懂嗎？」

徐一莫伸出一根手指在崔涵薇眼前晃了晃，想說什麼，卻眼睛一閉，順勢倒在崔涵薇的身上，醉得人事不省了。

又倒一個，現在只剩下她和商深了。崔涵薇暗叫糟糕！對方三個人，一個沒倒，己方卻已倒了兩個，而沒倒的兩個，也一個半醉一個一杯就醉，今天的一戰，輸慘了。

輸了酒倒沒什麼，怕的是輸了人。崔涵薇早就看出來黃廣寬對她不懷好意，不，不僅僅是對她，對徐一莫也是，一雙色眼總是在她和徐一莫的身上掃來掃去。

其實在酒局開始不久她就清楚了一個事實，今天是鴻門宴，對方根本就沒有談生意的意思，目的從一開始就不單純。

怎麼辦？崔涵薇後悔不迭，早該一進門就全身而退，對方也不可能強留他們不成！都怪她當時猶豫不決，沒有當機立斷的勇氣。

只是現在後悔也晚了，不可能說走就走，黃廣寬醉眼朦朧中露出不懷好意的笑容，三個人圍攻她和商深，相信不用一個回合她就會敗下陣來。

真的就這麼一敗塗地了？崔涵薇心急如焚，萬一商深再趴下，她和徐一莫都在劫難逃。難道今天真的無路可走了？如果商深再男人那麼一點點，也許還有反敗為勝的機會，可惜的是商深實在太草包了。

商深被蔣友和姚朝濤逼到了懸崖邊上，手端酒杯，臉上的畏懼之色慢慢地褪去，自信渲染了整個臉龐，他輕輕聞了聞杯中酒，一副陶醉的神情，就如一名劍客撫摸心愛的寶劍一樣，片刻之後，一飲而盡杯中酒。

不是吧，商深真的乾了杯中酒？姚朝濤和蔣友瞪大了眼睛，在等著商深一頭栽倒，好開始上場他們的好戲，不料等了半天，商深不但若無其事，反而一臉光彩，彷彿剛才喝的不是酒是神仙水一般。

「我喝完了，該你啦，姚哥。」

商深朝姚朝濤笑了笑，剛才的畏縮、膽怯消失不見，取而代之的是從容和鎮靜，「喝不完的話不要勉強，酒量的大小憑的是實力，不是牛皮。」

「誰不敢喝了？」姚朝濤怒道，他本來在商深面前是高高在上的姿態，沒想商深突然搖身一變，瞬間高大起來，變成對他居高臨下的俯視不說，還張狂得咄咄逼人，他哪裡受得了如此巨大的落差，二話不說拿起酒瓶倒滿一杯，一口喝光。

本來已經有六七分醉意的他，六兩白酒下肚，就是鐵人也擋不住，一陣天旋地轉後，身子一歪就趴在桌子上，醉得不知自己是誰了。

商深一招就解決了姚朝濤，眾人頓時目瞪口呆，不敢相信剛才發生的一幕！怎麼會？怎麼可能？商深到底是投機取巧，還是真的是一個深藏不露的高人？黃廣寬忽然覺得他可能看錯了商深，商深之前根本是在假裝，要的就是等最後決戰的時候一戰定勝負。

蔣友也是心中無比震撼，商深太能裝了吧？剛才眾人廝殺的時候，他滴酒未沾，現在以逸待勞，以全力拼他們力戰後的殘力，真是好算計。

黃廣寬心中冷笑連連，好吧，就算你以逸待勞，我和蔣友聯手足以打得你屁滾尿流，何況他還有最後的殺手鐗。

「厲害，厲害。」黃廣寬站了起來，輕輕鼓掌，不動聲色地倒滿一大杯啤酒，「老弟，看不出來，原來你是一個深藏不露的高手，我和蔣友都喝了不少了，我們一起上，不算欺負你吧？」

「不算。」商深淡定地說，神態自若，「不過車輪戰太沒創意了，這樣吧，我們玩點花樣好不好？」

「商深，你行不行呀？」崔涵薇在酒精的刺激下，腦子有點亂，分不清商深是故作姿態還是真有本事，一拉商深，「不行就不要逞能，你要窩囊就窩囊到底吧，我不怪你。」

商深伸手抓住崔涵薇的手，入手之處，柔軟而冰涼，他知道她害怕，心中驀然升騰起保護她的決心。

「有我在，絕不會讓任何人傷害你。」

一瞬間，窩囊廢突然變得光芒萬丈，就如一個深藏不露的武功高手，從蓬頭垢面搖身一變，化身成一個風度翩翩的佳公子，手搖摺扇，風流倜儻，揮手間，強敵灰飛煙滅。

感受到商深手心的溫暖，崔涵薇的心瞬間融化了，只覺得全身酥軟，加上酒意上湧，只想倒在商深的懷中沉沉睡去，哪怕睡到地老天荒她也願意。

「有什麼花招儘管使出來。」

商深和崔涵薇深情對視的樣子，讓黃廣寬醋意大發，一拍桌子，道：「商深，儘管放馬過來，怕你我就不姓黃。」

「黃哥……」商深依然是一臉淡笑，從容不迫的姿態讓人無法和剛才畏縮懦弱的他聯繫在一起，「我們一拖二吧。」

「什麼是一拖二啊？」黃廣寬和蔣友同時發問。

「一瓶白酒外加兩瓶啤酒。」商深拿過三瓶酒擺在自己面前，「也別先白後啤或是先啤後白了，直接深水炸彈多好玩。」

「深水炸彈？」

黃廣寬和蔣友有點跟不上商深的節奏，也不怪他們，北方人喝酒不但酒量奇大，而且花樣眾多，遠非一般的南方人可比。商深從小見多了喝酒的花招，他不愛喝酒並不表明他酒量不大，也不代表他不懂喝酒，只是看他要不要喝罷了。

商深拿過一個大杯子，先是倒了大半杯啤酒，然後又取過一個小杯子，小杯子中倒滿白酒，然後將小杯子扔進大杯中，「撲通」一聲，激起了無數啤酒酒花。

「這就是深水炸彈。」

商深舉起酒杯，並沒有入口，而是放在眼前用心端詳起來，此時的他，神態專注，完全就是一個武功高手欣賞手中的寶刀一般。

剛才的商深猶如沒有見過世面的土包子，現在的他，猶如出鞘的寶刀，不但光芒四射，蓄勢待發……而且殺氣騰騰！

「省得說我欺負你們，先乾為敬！」商深話一說完，兩三下咕咚咕咚一口喝光杯中酒。

一杯深水炸彈足有半瓶啤酒加一兩白酒的量，如果單獨算不算多，但混合在一起威力就大了。誰都知道酒混著喝容易醉，更何況是直接混在一起喝。黃廣寬和蔣友從未見過這種喝法，簡直看傻眼了。

「這樣好了，我喝兩杯深水炸彈，黃哥和蔣哥各喝一杯，還算公平吧？」商深如法炮製又做了一杯深水炸彈，二話不說也是一口喝光，然後瀟灑地一抹嘴巴，「怎麼樣，夠不夠男人？」

一句「夠不夠男人」讓張口結舌的黃廣寬和蔣友如夢方醒，二人被商深的氣勢和咄咄逼人的挑釁激怒了，誰怕誰呀，誰不是男人？二人對視一眼，拿起酒杯有樣學樣地也做了一杯深水炸彈，然後一飲而盡。

「行不行啊，黃哥？」

深水炸彈威力果然驚人，比他想像中厲害多了，蔣友酒一下肚，立刻感覺體內翻江倒海，本來只有五分醉意的他一下上升到了七分醉意，忙輕輕一拉黃廣寬的胳膊，「不行就不拼了，別中了商深的詭計。」

黃廣寬也很不好受，比蔣友還慘，他剛才拼得太厲害，已經有六分醉意，現在上升成八分了，不過他卻不想認輸，他不信他和蔣友二比一也拼不過商深。剛才商深的窩囊形象讓他印象太深刻了，他始終無法把現在的商深和剛才的商深聯繫起來，更何況他還有後招沒有使出來。

「沒事，不信拼不過他。」黃廣寬朝蔣友擠了擠眼，暗示蔣友他還有殺招，他拿過酒杯，還想再做一個深水炸彈，不料才一動手，商深又說話了。

「深水炸彈是小兒科，要不，我們來一個核子潛艇？」

一臉憨厚看上去完全無害的商深，說話時的語氣很輕柔很隨和，卻讓黃廣寬和蔣友大感刺耳。

崔涵薇已經不能用震驚來形容她的心情了，什麼深水炸彈，什麼核子潛艇，她聞所未聞；更令她震驚的還不是這些酒桌文化上獨創的名詞，而是商深展現出來的應付自如的過人才能。

這才是她喜歡的商深，才是她認識的商深，才是她期待中的商深。

崔涵薇雖然醉意洶湧，心中卻無比甜蜜，商深以一敵二的氣勢，讓她心中大定，感覺只要商深在她身邊，她就無所畏懼，一切安好。

「什麼是核子潛艇？」黃廣寬和蔣友也被商深層出不窮的花樣弄迷糊了，加上二人酒意上湧，幾乎失去了思索能力。

商深也不多說，拿了一個大號酒杯，將整瓶啤酒倒了進去，然後又拿來可以容納三兩白酒的玻璃杯，倒滿白酒，將杯子「撲通」一聲放到啤酒杯中，說道：「這杯就叫核子潛艇！」

崔涵薇看得目瞪口呆，天啊，原來一瓶啤酒外加三兩白酒就叫核子潛艇，還真是名符其實，威力確實堪比核子潛艇，可是……她隱隱擔心商深究竟行不行？萬一為了逞強而逞強，自己喝倒自己就麻煩大了。

商深卻跟沒事人一樣，在黃廣寬和蔣友難以置信的注視下，一口氣喝下核子潛艇，然後將杯子重重地一放，白酒酒杯碰在啤酒杯上的聲音叮咚作響，聽在黃廣寬和蔣友的耳中，有如催命槍聲一般刺耳。

「算了商深，黃哥和蔣哥年紀大了，和你沒法比，你別欺負老人家。」崔涵薇終於笑了，她看出來商深不是逞強，而是他的酒量真的深不可測。

崔涵薇的話就如一枚匕首直接刺中黃廣寬和蔣友的心臟，黃廣寬和蔣友不過三十多歲，哪裡是什麼老人家，一聽居然被崔涵薇當成老人，頓時火起，二人不由分說有樣學樣，各自做了杯核子潛艇，然後一飲而盡。

第八章

同床共枕

觸手的感覺滑膩如玉，商深手指趕緊收了回來，唯恐被徐一莫察覺。

商深這時意識到一個嚴峻的問題——

徐一莫近乎赤身裸體睡在他的床上，萬一被崔涵薇發現，

他就算再怎麼解釋也無法澄清他和徐一莫同床共枕的事實。

已經有七八分醉意的黃廣寬和蔣友一杯核子潛艇下肚，哪裡還受得了，只覺得眼前金星亂冒，天旋地轉，再也站不穩，一個東倒，一個西歪，全部趴下了。至此，房間中的八個人倒下了六個，只剩商深和崔涵薇還能站著，只是崔涵薇搖搖晃晃，已經接近醉酒邊緣。

「商深，你……你好厲害，我真的佩服你，原來你是欲擒故縱，太高明了。你對我是不是也是欲擒故縱，故意讓我喜歡上你，然後你再假裝不喜歡我，折磨我……是不是？」

崔涵薇真的醉了，她抓住商深的胳膊不停地搖動，搖了幾下之後，身子一歪，差點摔倒。商深忙伸手扶起她，苦笑一聲：「高明也沒用，就我一個人清醒，你們都醉了，想走也走不了。我懷疑黃廣寬還有後手，現在快走才是上上之策。」

「報告長官，我能走。」商深話音剛落，徐一莫突然站了起來，高高舉起右手，憨狀可掬地說：「老師好，我叫徐一莫，請多多關照。」

商深哭笑不得，徐一莫真是醉了，不過還好她還能自己走，他就伸手扶起王向西：「涵薇，你和一莫馬上走，去外面叫車，我和向西隨後就到。」

「幹嘛要跑？跟做賊一樣。」徐一莫伸出一根手指去摸商深的臉，「你的臉好紅呀，好好玩。」

商深趕忙推開徐一莫：「不許鬧了，聽話。涵薇，趕緊行動，再晚了說不定就真跑不掉了。」

崔涵薇瞬間清醒了幾分，拉起徐一莫就衝了出去。

商深也沒有遲疑，彎腰扶起王向西，又看了東倒西歪的黃廣寬、姚朝濤和蔣友三人一眼，見三人睡得跟死豬一樣，口水流了一地，醜態百出，他搖搖頭，扶起王向西離開了房間。

商深攙扶著王向西到外面時，崔涵薇已經叫好計程車，上車後，商深才長出了一口氣，總算安全了。

「他們不是都被你喝倒了，你還擔心什麼？」崔涵薇見商深還回頭張望，心中疑惑不解。

「我總覺得黃廣寬今天精心設計的一局應該還有後手，只不過剛才被我兩杯打倒，他的後備力量還沒有到，再晚一會兒的話，萬一再來幫手，今天別說你和一莫了，就連我也說不定會遭到毒手。不是我說你，涵薇，你認識的都是些什麼人啊？你這不是談生意，根本是羊入虎口。哪裡有為了賺錢這麼拼的？你有這麼缺錢嗎？」

崔涵薇一臉歉意：「其實我也不願意來，是我哥非要我跑一趟。剛才我也發現了黃廣寬不是什麼好人，以後我記住了，不和一些亂七八糟的人打交道，就算是真能賺錢也不合作！做人必須要有原則。」

話剛說完，突然手機響了。崔涵薇一看來電，頓時臉色大變，猶豫著要不要接。

「怎麼了？」商深問。

「黃廣寬的電話。」

「接，聽他說些什麼。」

崔涵薇按下接聽鍵：「黃廣寬，你這個無恥敗類，流氓，色狼，你還好意思打電話來？」崔涵薇的聲音冰冷。

「哼！沒想到商深那個小子這麼聰明，要不是他，我今天就得手了。算你們跑得快，再晚一步我的幫手就到了，你們想跑也跑不掉了。不過，下次別再落在我手裡，你等著，總有一天我們還會再見面的。」

黃廣寬放蕩地說，然後掛斷了電話。

黃廣寬由於喝得過急，猝然醉倒，等商深幾人剛走，他的後備力量就到了，扶他到廁所吐了之後，這才恢復幾分精力。知道幾人已經趁機溜走，他又氣又急，對商深恨之入骨。

此時黃廣寬坐在椅子上，神色黯然，猶如鬥敗的公雞一般垂頭喪氣。他現在已經確信無疑是被商深玩弄了，原來從一開始商深就是在假裝耍廢，直到最後一刻才露出獠牙，然後打得他們體無完膚。

先不說商深的酒量有多深不可測，只說商深的演技當真一流，竟然騙過他，下次就別讓他再遇到，否則他一定不會輕饒商深。

房間中，除了黃廣寬外，姚朝濤和蔣友依然酣睡不醒，不過又多了兩個人。多出的兩個人中，其中一人不是別人，正是漏網之魚黃漢。

「黃哥，你沒聽錯，真是商深？」

「怎麼可能聽錯，我又不是聾子。」對黃漢的問題，黃廣寬氣得懶得回答，「怎麼，你也認識商深？」

「何止認識，簡直是太認識了！」黃漢咬牙切齒，「我和他有不共戴天之仇。」

「還不共戴天呢？你和商深又沒有殺父之仇，奪妻之恨。」

另外一個多出來的男子，長得委瑣而下賤。如果商深在場的話，肯定會驚掉下巴，原來黃廣寬的後備力量，一個是他的死對頭黃漢也就罷了，另一個他也認識，竟然是長髮委瑣男朱石！真是世界之大無巧不有。

「商深可不太好惹。」

在聽到黃廣寬要對付的人是商深時，朱石沉默了半天沒有說話，他現在臉上淤青未消，熊貓眼也沒有完全消腫，機場被痛打的一幕還在心中揮之不去，身體的疼痛還是小事，心理上的屈辱卻是難以平息。

但不平息也沒有辦法，被痛打之後，朱石氣憤難平，找了道上的幾個朋友想還回來，結果一打聽，打他的人叫范衛衛，號稱深圳第一大小姐，她的爸爸范長天更是如雷貫耳的大人物，在深圳政商兩界都是響噹噹的角色，別說朱石敢動范衛衛一根手指了，就是范長天打個噴嚏就能讓他在深圳沒有立足之地。無奈之下，只好咽下心中的怨氣。沒辦法，誰讓他惹了不該惹的人，自認倒楣吧。

本來今天黃廣寬讓他前來助陣，他一開始是拒絕的，是黃廣寬的一句話讓他改變了主意：「有北京來的美女哦，一流美女，天使臉蛋魔鬼身材。」

他和黃廣寬關係一向不錯，再加上有美女可以欣賞，再不來就是傻瓜了，朱石就不顧渾身的傷痛，屁顛屁顛和黃漢一起趕來了。

朱石和黃漢早就認識，朱石有一段時間住在北京，黃漢和寧二由於離北京近，也常跑北京。有一次在酒吧發生衝突，二人不打不相識，最後反倒成了好朋友。

物以類聚，人以群分，也確實，臭味相投者總會互相吸引，朱石和黃漢成了朋友後，雖然聯繫不多，卻一直當對方是可以兩肋插刀的死黨。黃漢在寧二被抓後，倉皇逃出北京南下深圳來投奔朱石，想換個地盤試試運氣。由於在深圳他人生地不熟，朱石做什麼他便跟著。沒想到居然和商深差一點不期而遇。

「商深有什麼了不起？」黃漢不屑地說：「我一出手就嚇得商深屁滾尿滾，幸虧他跑得快，否則，嘿嘿，保管讓他跪在地上叫爺爺。」

吹牛是混混必備的基本功之一，黃漢說起他和商深的往事，絲毫不提他被商深玩弄於股掌之間的真相，卻編造出另一套截然不同的版本。

「以前是以前，現在是現在，在北京，商深或許沒什麼勢力，在深圳就不同了。」朱石想起被范衛衛保鏢痛打時的情景，頓時打了個寒戰。

「我們覺得欺負欺負老實人，占占美女的便宜就了不起了，那是小混混幹的，和最大的黑社會比還差得遠了。誰是最大的黑社會？就是那些高高在上的大老闆們！他們住別墅開豪車，名下有幾十億，輕易不出手，一出手就讓你痛不欲生。你們知道商深的女朋友是誰嗎？是范衛衛。范衛衛是誰？是范長天的女兒。范長天是誰？說了你也不知道，你只需要知道如果你惹了范長天，你就會深刻地體會到那句話的真正含義——天堂離你不遠了。」

朱石現在才知道黃漢和商深還有這樣的過往，原來黃漢是在北京待不下去了，才跑路來到深圳。

「我知道范衛衛是商深的女朋友，也見過她，嘿嘿，她沒什麼了不起，還被我摸過呢。」

黃漢不知道范長天在深圳的分量，對范衛衛沒有絲毫畏懼之意。

「別吹牛了，說點有用的事。」黃廣寬不滿地瞪了朱石和黃漢一眼，「女人也好，社會地位也好，如果你沒錢，什麼都甭談。別怪女人不跟你，也別怪別人看不起你，沒錢還想有臉？崔涵薇跑了就跑了，以後有機會再好好折磨她，現在最要緊的是趕緊賺大錢。」

「黃哥怎麼說，我就怎麼做。」

朱石知道黃廣寬的本事，深圳是個魚龍混雜的地方，有做正當生意賺大錢的正經人，也有靠歪門邪道賺錢的走私客；在所有的走私客中，他最佩服的人就是黃廣寬，黃廣寬路子野，膽子大眼光高，空手套白狼的手法一流。

「許多人說以後是IT時代，所以你們看現在從香港向深圳帶電子產品的有多少！我才不管以後是不是什麼IT時代呢，我只管眼前能不能大賺一筆。」黃廣寬喝著茶，端坐在主位上瞇著眼睛，一副天下皆我有的傲然姿態，「一台電腦、一部手機、零碎的電路板走私過來能有多少利潤？都是小打小鬧罷了，太小兒科了，要做就做大生意。」

「什麼大生意？」朱石點頭哈腰為黃廣寬點了支菸，「黃哥，我和黃漢最近沒事做，就等你一聲令下，好活動活動筋骨大發一筆呢。」

「不急，有你們施展的時候。」黃廣寬上下打量了黃漢一眼，對黃漢還算滿意，「過段時間我弄條船，從外邊拉一船汽車過來，到時你們就都有活兒幹了。」

「是什麼牌子的車？」走私汽車是大生意，朱石立刻喜笑顏開，「高檔不高檔？」

「廢話，不高檔我走私個屁！賓士、寶馬、保時捷，想要什麼有什麼。」黃廣寬斥道。

「黃哥，除了汽車之外，我覺得食用油、香菸這些東西也很賺錢。」黃漢很懂得及時表現自己，以便進一步得到黃廣寬的重用。

黃廣寬意味深長地看了黃漢一眼，欣賞地說：「沒錯，你說得對。這正是我下一步要考慮的方向，不過飯要一口一口吃，路要一步一步走。」

黃漢的話說到了黃廣寬的心坎上，黃廣寬越發覺得黃漢是個可用的人才，「黃漢，以後跟著我幹，我不會虧待你的。」

「謝謝黃哥。」黃漢連連稱謝，眼中閃過得意的光芒，直覺告訴他，他來深圳真是來對了，廣闊的天空會為他提供飛翔的空間。相信不用多久，他就可以成為呼風喚雨的人物，當不了企業家沒有關係，能成為一個梟雄，也足以告慰平生了。不用多久，他就可以身家百萬，不，千萬，然後衣錦還鄉，到時再回北京，見到商深，商深肯定拜服在他的腳下。

「黃廣寬果然還有幫手，商深，我真服了你了。」

計程車上，崔涵薇一攏頭髮，醉酒後的她紅唇嬌艷，雙頰飛紅，更顯嬌艷無比。

「對不起，一開始我還當你是個窩囊廢，後來才知道原來你是在演戲，是故意迷惑黃廣寬他們的。」

車到威尼斯酒店，下車後，風一吹，王向西清醒過來，打了個電話後，婉拒了商深和崔涵薇的挽留，搭車走了。

商深左手扶著崔涵薇，右手攙著徐一莫，一路上被門口的迎賓員和過往的客人好奇地打量了好幾眼，讓他無比尷尬。

回到房間，商深絲毫沒有發現有人進來過的異樣，只是看到散落在床上的照片，偷偷拿走了他和崔涵薇的合影。

總統套房一共兩個房間，一大一小，商深把崔涵薇和徐一莫放在大房間的床上，此時的她們，酒精濃度應該在體內達到了最高值，比在車上時還要醉得厲害，接近昏睡不醒了。

商深輕輕為兩人蓋上薄被，然後悄無聲息地帶上了門。

好在是套房，他可以睡在另一個房間，而且房間自帶衛浴，十分方便。

剛才還不覺得，現在一坐下來就感覺酒意上湧，雖然商深自知酒量還行，但剛才喝得太急，而且為了速戰速決，使出了必殺技，他知道他其實已經有了五六分醉意。

脫了衣服，舒服地洗了個熱水澡，感覺酒意減了幾分，撲在床上，感覺一陣潮水般的睡意襲來，片刻之後就睡著了。

不知過了多久，商深渾身疲憊，見窗外陽光大好，掙扎著起了床，推開房門走到客廳，頓時驚呆了。

客廳裡坐著四個人，范衛衛、崔涵薇、徐一莫和杜子清。

這是怎麼回事？商深迷糊了，范衛衛在，他可以理解，為什麼杜子清也在？還有，他現在到底在哪裡，是回北京了還是仍在深圳？

「商深，你醒了，過來，我有話要對你說。」范衛衛一臉淺淺笑意，衝商深招手，「我決定不出國了，留在國內陪你。可是崔涵薇卻告訴我，她喜歡上你了，而且你也喜歡她，你們會在一起，你告訴我，是不是真的？」

一旁的崔涵薇安靜如淑女，不說話，只含蓄地笑，正在削蘋果。她的手法嫻熟，長長的蘋果皮連在一起沒有斷，像是一件藝術品。

徐一莫掩嘴而笑：「商深一開始也以為他喜歡的是你，後來他才發現，最適合他的城市是北京，最適合他的人是薇薇，衛衛，你就算留在國內也留不住商深的心，我勸你還是出國算了。國外的天空更美，世界更大，月亮更圓。」

「我希望商深有始有終，不要拋棄衛衛，衛衛對他那麼好，如果他這麼快就移情別戀，他和葉十三還有什麼區別？」

杜子清橫眉冷對，對商深怒目而視，「商深，你說實話，你是不是真的喜歡上崔涵薇了？你太讓人失望了，我一直以為你是一個有情有義的男人，原來你也是個見異思遷喜新厭舊的庸俗男人！」

商深抓了抓頭，一頭霧水，不明就裡：「到底發生什麼事了？我哪裡喜歡上崔涵薇了？衛衛，你怎麼來了？子清你怎麼也來了？還有，我們現在到底是在哪裡？」

「你還不承認你喜歡上我了？」

崔涵薇削完蘋果，切了一小塊，用刀尖挑著遞到商深嘴邊，「是誰和我在飛機上相依相偎？又是誰和我在房間的地毯上上演了一齣香艷大戲？你不喜歡我？你覺得你能騙得了自己的內心？」

說話間，她將蘋果塞到商深的嘴裡，臉色陡然一寒：「吃了我的蘋果，從此就是我的人了。如果你敢背叛我，你就和蘋果一樣的下場……」

話一說完，刀光一閃，崔涵薇手中的蘋果被一刀兩斷，切成了兩片。

「好你個商深，真的喜歡上崔涵薇了，枉費我對你一往情深。」范衛衛撲了過來，雙手掐住了商深的脖子，「我掐死你。」

商深冷不防被范衛衛掐住了脖子，想要掙脫，卻發現范衛衛的力氣大得驚人，他居然掙脫不了，越掙扎反而被她掐得越緊，感覺喘不上氣來，似乎快要窒息了。

「啊！不要！」

商深一下醒來，原來是一個夢。

他大汗淋漓，醒來後，脖子被緊緊勒住的感覺還在，用手一抓，居然真的有一個胳膊死死地壓住他的脖子，他嚇得不輕，瞬間完全清醒。

怎麼回事，明明他是一個人睡在床上，為什麼旁邊會多了一個人？

再一看，更是驚得目瞪口呆。一人玉體橫陣，渾身上下只穿了內褲，連內衣都沒有穿，近乎赤身裸體地躺在他的身邊，一隻胳膊正好壓在他的脖子上，顯然剛才惡夢中被掐的感覺都是因為這條潔白如藕的胳膊。

燈光半明半暗，但商深依然可以看清身邊女孩全身上下每一塊裸露的肌膚以及她健美的身材。必須說她的身材真好，凸凹有致，堪稱完美，尤其是小腹上若隱若現的馬甲線，表明了她平常喜歡運動、熱愛健身的習慣。

商深忙移開眼睛，雖然對方是自己送上門來，他不是偷看，但不經對方允許就是偷窺。

還好，女孩嘴巴動了幾下，然後翻了個身，將胸前的兩座山峰壓在身下，只留給商深一個美麗的後背。

後背如一馬平川的平原，光潔無瑕，咦，在後背的正中心有一個指甲大小的胎記，就如被人按了一個紅紅的手印一般。

商深一時好奇，伸出右手食指按了下去。也是怪了，不大不小，正好和他的食指合絲合縫，好像是很久以前他的食指輕輕按下，留下的一個永遠的紀念一般。

怪事，真是怪事，怎麼會和他的食指大小一樣？商深愣住了。

他的目光又向下移，頓時呼吸為之一窒！

讓商深呼吸停止的不是徐一莫翹挺的臀部——沒錯，上錯床的女孩正是徐一莫——而是她的腰窩，有如一對美麗的性感之眼，帶給他強烈的震撼。

腰窩就是背後腰間兩個凹下去的窩，位置在臀部接近尾椎的連接處，有兩個像酒窩一樣凹下去的地方，又稱為「維納斯的酒窩」。在醫學上被稱作「麥凱斯菱」，美術界則稱「聖渦」，是最理想的人體模特兒的標誌之一，據說只有百分之三胖瘦合宜、體形勻稱的年輕女性才能擁有！

一般的馬甲線可以通過堅持不懈的運動訓練獲得，腰窩就不同了，因為每個人身體構造的不同，有腰窩的人該處肌肉較薄，才會產生凹陷。這種先天缺陷，大多受到遺傳的影響。

徐一莫居然有腰窩？太神奇了，商深自認不是色狼流氓，但是遇到傳說中千無其一的腰窩，哪裡還按捺得住好奇，忍不住伸手輕輕落在徐一莫的腰窩上。觸手的感覺滑膩如玉，商深手指在腰窩中只放了一下，就趕緊收了回來，唯恐被徐一莫察覺。

商深這時才意識到一個更嚴峻的問題——徐一莫近乎赤身裸體睡在他的床上，別說和范衛衛交代了，萬一被崔涵薇發現，他也吃不了兜不走，就算再怎麼解釋也無法澄清他和徐一莫同床共枕的事實。

至於徐一莫是怎麼跑到他的床上的，他大概猜到了七八分，從她濕漉漉的頭髮還沒擦乾以及身上殘留的水珠判斷，應該是她半夜起床去洗澡，之後迷迷糊糊地上錯了他的床。

儘管他什麼都沒做，也不管徐一莫是怎樣醉後失態，現在的問題是他該怎樣才能擺脫嫌疑。等徐一莫醒來，肯定也會懷疑他對她做過什麼，就算沒有懷疑，只要一想到自己春光外洩，也會讓人尷尬無比。

商深撓頭了，怎麼才能做到既不讓徐一莫尷尬，又不讓崔涵薇猜疑他和徐一莫發生什麼，兩全其美的辦法呢？

有了！商深想到了一個妙計，他躡手躡腳地來到衛浴間，沖了個澡，然後摸到崔涵薇的房間，見房門虛掩，輕輕敲了敲門。

沒人應聲。

又敲了幾下，還是沒有聲音，他小心翼翼地推開房門，藉助不算明亮但仍可看清房內所有景象的燈光，只看了一眼他就大吃一驚——房內空空如也，床上只有散亂的被子和橫七豎八的一堆枕頭，哪裡還有半個人影？

不是吧，人呢？

原本他想悄悄叫醒崔涵薇，就說他去洗澡，洗澡後想回房間，卻發現他的床被徐一莫霸佔了，讓崔涵薇去他的床上和徐一莫一起睡——如此便可以迴避他和徐一莫同床共枕的事實，以免崔涵薇胡思亂想——相信崔涵薇不會拒絕。如此安排，等徐一莫醒來，就算發現睡錯了房間，但身旁是崔涵薇就沒有大礙了。

只是崔涵薇到哪兒去了呢？可別出事才好。

咦，好像有水聲？商深側耳一聽，果然從浴室傳來嘩嘩的流水聲，他長舒了口氣，崔涵薇應該是去洗澡了，等她一會兒好了。

結果等了半天，水聲嘩嘩響個不停，就是不見崔涵薇出來，商深著急了，崔涵薇和徐一莫都喝了不少酒，別跌倒在裡面。

他不放心，輕輕敲了幾下浴室門：「涵薇，你在裡面嗎？」

沒人回應。

「涵薇？」商深愈加感覺不對，加大了敲門力度，也提高了聲音。

依然除了水聲沒人回答。商深顧不上許多，當即推門而入。

果然崔涵薇泡在浴缸裡，沉沉睡去。水龍頭沒有關，水一直流著，溢出了浴缸，滿地都是水。

還好浴缸裡滿是泡沫，一絲不掛的崔涵薇才沒有春光畢露地呈現在商深面前，只露出了脖子以上的部分，在酒意的刺激和熱水的浸泡下，她人面桃花，粉頸如玉鎖骨深陷，兩條玉臂伸在浴缸上，呈現溫泉水滑洗凝脂之美。不過……商深只驚艷片刻就無心欣賞崔涵薇的美女入浴圖了，因為崔涵薇的睡姿看似可愛，實則非常危險，稍有不慎就有可能一頭栽倒在浴缸中，即使不被淹死，也會被嗆得正著，要麼碰得頭破血流。

商深搖搖頭，滿心無奈，徐一莫連床都會上錯，崔涵薇居然在浴缸裡睡著，平常端莊、淑女的兩個女孩，喝醉後怎麼變得如此荒誕，簡直變成另一個人一樣！

他記得以前他喝醉，都是老老實實地睡覺，酒品很好，什麼出格的事都不會做，哪裡會像徐一莫和崔涵薇一樣，醉到醜態百出。

真拿她們沒辦法，如果不是他在，說不定真會出什麼事。商深輕輕一拉崔涵薇的胳膊：「涵薇，醒醒，別在浴缸裡睡覺。」

崔涵薇被吵醒，睜著迷茫的雙眼，尚且不知道發生了什麼，過了幾秒鐘才說：「啊，商深，你要幹嘛？你怎麼在我的床上？」

然後她注意到不對，她不是在臥室，而是在浴室，驚恐地猛然站了起來：「哎呀，我怎麼睡在澡盆裡了？」

「不要！」

商深最擔心的事情還是發生了，天地良心，他真的沒有想要偷看她的身材，美女出浴肯定要比美女入浴更香艷，更有視覺衝擊力，雖然只是一晃而過，商深隨即就閉上了雙眼外加捂住眼睛，卻還是看到了崔涵薇的胴體。

比起徐一莫，崔涵薇的身材毫不遜色，甚至還要白嫩幾分，而且她的腰比徐一莫還要輕盈幾分，如果不比健美度，她渾身上下散發的女人味要比徐一莫更誘人。

「臭商深，死商深！」

崔涵薇一站起來意識到不對，她沒穿衣服，如此一來，等於是她在商深面前裸身赤體，而且還是自己主動呈現的，太羞人也太氣人了。

都怪商深，大半夜不睡覺，幹嘛要跑到她房間來啊？她又羞又氣，忙坐了下去，抓住香皂就扔向商深。

「喂，不關我事。」商深被香皂砸中，滿是委屈，「涵薇，你聽我說，出了點意外，一莫睡到我的床上了。」

「啊？你們發生什麼事了？」崔涵薇大驚失色。

半夜裡，崔涵薇醒來後覺得渾身難受，就想洗個澡再睡。她明明記得起來的時候，徐一莫還睡在身邊，怎麼一轉眼就睡商深床上了？

「我們可沒怎樣。」商深忙解釋說，「我起來去沖澡，回來後就發現她在我床上了，我沒敢叫醒她，怕她尷尬，就想叫你去睡在我的床上，這樣她也不會記得是自己跑錯房間了……」

「你看見什麼了？」

崔涵薇不放心，話一出口才想起她已經被商深看了個遍，頓時臉紅過耳，「剛才的事你不許說出去。要是說出去，我和你沒完。」

「怎麼個沒完法？」商深最不喜歡聽別人說和他沒完了，故意問道。

「我……」崔涵薇一時語塞，愣了片刻，忽然大著膽子恐嚇說：「我就賴上你，非嫁給你不可，你不娶也得娶。」

不會吧，就看了一眼得負責一輩子？何況他還是被動接受，又不是他主動要看的。

好吧，好男不和女鬥，商深認輸：「怕了你了，我不說就是了。就這麼說定了，我去你床上睡，你去我床上睡。還有，別再在浴缸裡睡了，小心水涼了著涼。」

商深走了許久，崔涵薇才慢慢地穿好衣服裹上浴巾，來到商深的房間，見徐一莫睡得正香，崔涵薇搖了搖頭，睡錯了床都不知道，還露著上身。

嗯，商深考慮得挺周到，她這個樣子，要是醒來後發現睡在一個男人身邊——哪怕這個男人是商深——肯定會無地自容。別說，商深還真是個事事細心的男孩。

不過……崔涵薇想到了一個問題，徐一莫光著上身，會不會也被商深看了去？肯定是。死商深，臭商深，看了徐一莫又看了她的，便宜他了！

崔涵薇越想越羞，越想越氣，酒意全醒，卻再也睡不著了。

天亮了。

徐一莫夢見她在游泳，頂樓偌大的游泳池只有她一個人，她一向自詡泳技高人一等，像運動員一樣身子在水中一個翻轉，準備再游一個來回，忽然泳池中的水一下全乾了，她就如離開水的魚一樣失去了依靠，「撲通」一聲跌落到泳池的底部。

「哎喲！」徐一莫從睡夢中醒來，睜眼一開，她頭下腳上地摔倒在地上，準確地說，是上半身在地毯上，下半身還在床上。

原來是睡覺不老實摔到床下了，徐一莫擦了把嘴角的口水，爬了起來，才注意到上身沒穿衣服，趕緊回身抓過床單擋在胸前，然後想起了似乎哪裡不對。

正好崔涵薇從衛生間出來，她滿臉疑惑：「薇薇，不對呀，我明明記得昨晚我們是睡在大房間，怎麼醒來在小房間了？是不是商深半夜和我們換了房間？也不對啊，他怎麼跟我們換房間的，難道把我們一個一個地抱過來？到底是哪裡不對勁，難道是我記錯了？真是奇了怪了。」

「你當然記錯了，昨晚我們就睡在這個房間。」

崔涵薇含糊帶過，莫名地臉又紅了，忽然想起一個疏漏的細節，忙說：

「你先去洗漱一下，我已經買好機票，一個小時後出發去機場。」

徐一莫總覺得哪裡不對，一時間卻又想不明白，只好先去洗漱了。

徐一莫一進衛生間，崔涵薇就箭一般衝向商深睡覺的房間。

商深還在沉睡不醒，昨晚他折騰得實在太累了。

商深穿著內褲和背心，作為男人，倒也不算多不雅觀，只是和所有男人一樣，到了早上都會出現常有的生理現象，當崔涵薇從商深的枕頭下找到徐一莫的胸罩正要悄悄離開時，不經意間掃到商深的隱私部位，頓時羞得面紅耳赤，急急地跑開了。

回到房間許久，她的心臟還跳個不停，看向手中的胸罩，心想商深枕著徐一莫的胸罩一個晚上，不知道有沒有發覺？

「我的胸罩怎麼在你手裡？害我找了半天沒找到。」

徐一莫從崔涵薇手中搶過胸罩穿上，嘻嘻一笑，「女人呀，就是比男人麻煩，真沒辦法。」

「趕快收拾東西，我們等下吃早飯，然後去機場。」崔涵薇不想再和徐一莫糾纏胸罩的問題，催促道。她已經整理好自己的行李了。

「商深怎麼還沒起來？我去叫他，真是個懶豬。不過昨天晚上多虧了他，要不是他，我們可就慘了。」

事實上……昨晚你已經慘了，崔涵薇心裡無奈地道，有些事還是不知道的好。她想起范衛衛，要走了，應該給范衛衛打個電話說聲謝謝。電話打過去，卻提示關機。

趕到機場，才早上九點多光景，距離飛機起飛還有一段時間，商深和崔涵薇、徐一莫坐在候機大廳等候。

就要離開深圳了，商深忽然感覺到前所未有的輕鬆，他拿出手機，想起昨天和范衛衛互通訊息，他回了簡訊之後，范衛衛卻沒有回覆。

昨天發生太多事，慌亂中他也沒有多想，現在靜下來，忽然覺得哪裡不對。以范衛衛的個性，不可能不打電話來也沒有簡訊問候，她應該問他有沒有平安抵達北京，有沒有想她才對。難道范衛衛出了什麼事不成？

商深越想越不安，忙撥出電話。范衛衛的手機關機了。

怎麼會關機呢？商深心中的不安越來越強烈，都怪他，如果昨天他告訴范衛衛他還留在深圳的真相就好了。他想了想，發了一通簡訊。

「衛衛，對不起，我不該騙你，其實我還在深圳，是為了幫崔涵薇和徐一莫一個忙，今天會回北京。希望你一切順利，你若安好，便是晴天。」

訊息剛發出去，手機就響了，商深還以為是范衛衛打來的電話，忙按下接聽鍵：「衛衛……」

「衛衛？我不是衛衛，我是王向西。」話筒一端傳來的卻是王向西的聲音，「商深，你們還在酒店嗎？昨晚不好意思，我本來是去助陣，結果自己卻喝多了，後來發生了什麼都不記得了。」

「王哥，」商深穩定一下情緒，「我們已經到機場了，昨晚多虧王哥幫助，否則還真過不了關，謝了。等回到北京我們再電話聯繫，後會有期。」

「好，保持聯繫，我和化龍大概過段時間會去一趟北京，到時我們再面談合作的事。你等一下，化龍有話要和你說。」

「商深，你也看好改寫ＩＣＱ的前景？」

馬化龍沒和商深寒暄，直接切入主題，「說說你的想法。」

「ＩＣＱ的成功就說明了市場前景，我覺得網路即時通訊軟體早晚會代替e-mail，成為人們交流的工具，hotmail的成功例子可以複製。」

「太好了，你和我的看法完全一致。」馬化龍大聲叫好，高亢的聲音從話筒中透出來，可以讓人感受到他的興奮。

「我有一個建議，商深，向西已經改寫了一部分ＩＣＱ的代碼，現在正在後期完善中，你考慮一下和他合作，共同編寫一個全新超越ＩＣＱ的軟體，名字我都想好了，就叫ＯＩＣＱ，怎麼樣？」

經過初步接觸，商深認可王向西的為人，認真地想了想：「我願意和王哥合作。」

「好，那就先這樣說定了，過幾天我和向西會到北京和你當面談。」馬化龍將電話轉給了王向西。

「商深，祝你一路平安。記得替我向一莫、涵薇問好，我就不給她們打電話了。我去北京之前，會提前和你聯繫。手機別忘了開機，都是ＩＴ時代了，天天關機怎麼跟得上瞬息萬變的時代。」

王向西本想和徐一莫說幾句，話到嘴邊沒好意思出口。

商深笑了笑，掛斷了電話。

「王向西的電話？」崔涵薇聽出什麼，一攏頭髮，笑道：「他還想邀請你加盟他和馬化龍的公司？」

「不是，他想和我聯合編寫軟體。」商深有了主意，「我想了想，涵薇，不管我是加盟你的公司，還是加盟王哥和馬哥的公司，其實兩者並不衝突，可以是雙贏的結果，等回北京我再詳細和你說說我的想法。」

「好呀，沒問題。」崔涵薇喜笑顏開，心情很好。

「不對，我總覺得哪裡不對。」

徐一莫湊了過來，手指放在下巴上，作深思狀，「昨晚似乎哪裡有問題哦，我明明記得一開始是睡在大房間，早上起來後怎麼是在小房間呢？而且我睡覺時穿了睡衣，醒來後卻只穿了件內衣……咦，到底發生了什麼事？商深，你老實交代，你到底對我做了什麼？」

第九章

從錯誤開始 因誤會結束

許施望著商深離去的背影，心中微有觸動，
不過很快她就被勝利的情緒淹沒了，就讓衛衛無牽無掛地出國好了，
她和商深的相戀，本來就是個錯誤，就算商深和崔涵薇剛才的舉動是個誤會，
由錯誤開始再由誤會結束，也挺好。

商深大窘：「你不要誣賴好人好不好？你和涵薇同床共枕，我怎麼可能對你做過什麼？」

「你的意思是，如果不是涵薇和我在一起，你就會對我做什麼了，是不是？」徐一莫想起早上她找不到胸罩，後來一轉身又找到了的怪事，隱隱間覺得並不是她記錯了，而是確實有問題。

「我不是這個意思……」商深被徐一莫的邏輯氣笑了，「算了，不和你說了，反正我什麼都沒做，我是清白的。」

徐一莫伸手一推商深，「我發現原來你也挺壞的，說，以前的憨厚和老實是不是裝出來的？對了，你演戲的水準挺高的嘛，昨晚你不但騙倒黃廣寬他們，連我也被你的表情騙過了，這才知道你竟然是深藏不露的高手。」

徐一莫用力過猛，商深沒防備，被她推得朝旁邊一倒，正好撞在崔涵薇的身上。崔涵薇冷不防被商深一撞，哎呀一聲，下意識伸手抱住商深。

「不要這麼肉麻好不好？明明想抱，還要假裝是被我推的。」徐一莫調侃商深和崔涵薇。

她還想再取笑二人幾句，忽然眼睛睜大，嘴巴大張，愣道：「啊，不好了……」

崔涵薇被徐一莫取笑，正要反駁，忽然見徐一莫張口結舌一副見了鬼的樣子，笑道：「什麼不好了？除了你不好，沒什麼不好。」

商深順著徐一莫的目光望去，也驚呆了，不遠處站著兩個人，顯然是一對母女，媽媽漠然而高傲，女兒清麗又脫俗，正是許施和范衛衛。

只是范衛衛此時一臉悲涼，眼神中滿是失望和傷心。她緊咬嘴唇，眼淚在眼中打轉，卻強忍著不讓淚水滑落，倔強又不甘地緊盯著商深和崔涵薇不放。剛才商深入懷崔涵薇的一幕，她正好看得清清楚楚！

昨天威尼斯酒店門前的一齣，以及酒店中商深和崔涵薇親密照片的事，已經讓她傷心欲絕，做出了要離開國內遠走高飛的決定，但她不甘心，總覺得商深和崔涵薇不該進展地那麼迅速，或許真有隱情也說不定，她等著商深的解釋，他欠她一個理由充足，可以讓她信服的說法。

但是商深沒有，只回覆她一個「一切安好，勿念」的短訊，輕描淡寫又毫無誠意，讓她意識到或許商深真是一個見異思遷的人，她畢竟認識他時間還短，沒有看透他的本質。

算了，不去想了，從此天各一方，自此永不相見。

一早來到機場，真的要遠離深圳，遠離商深了，她忽然又生出幾分不捨，真的就這樣離開？長這麼大，她第一次真正愛上一個人，為他牽腸掛肚，為他柔腸百結，甚至甘願為他付出一切，卻是這樣一個結果，她不甘心，真的不甘心。

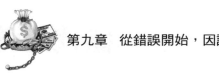

到了機場她才想起沒有開機，一開機就收到商深的短訊。見到商深真誠地向她道歉，並且承認他還在深圳，是為了幫崔涵薇一個忙，她心中所有的不甘和猜疑頓時煙消雲散，尤其是最後一句「你若安好，便是晴天」，更是讓她心中的委屈瞬間冰雪消融，她決定要原諒商深所有的隱瞞和過錯，要和他重歸於好，要等他到天荒地老。

但是，就在她向媽媽再次強調她會堅定地和商深在一起時，她的自信和驕傲卻被媽媽一句冰冷而無情的話打落了塵埃。

「你還要和商深在一起？問題是，他還會和你在一起嗎？衛衛，你太天真了，哪裡會有一個等你三年的男人？他連三天都等不了。」許施無比鄙夷地用手朝遠處一指，「被那個女孩抱住的人不正是你朝思暮想的商深嗎？」

什麼？范衛衛順著媽媽的手指看去——居然真是商深！

她所有的期待和美好都被崔涵薇對商深的傾情一抱化為烏有，一瞬間，所有的愛恨情仇一時湧上心頭，她告誡自己：該醒醒了，范衛衛，別再心存幻想了，商深就是一個徹頭徹尾的騙子，他對你根本就沒有真感情。

范衛衛此刻徹底死心，她心灰意冷，但見新人笑，哪聞舊人哭，算了，就當她沒有認識過商深，就當她從來沒有愛過商深吧。

「衛衛！」

商深先是一愣，隨後注意到范衛衛傷心欲絕又強忍悲痛的表情，就知道范衛衛誤會了他和崔涵薇，他脫離崔涵薇的懷抱，朝范衛衛跑去。

「不要過來！」范衛衛用盡全身的力氣，朝商深喊出飽含悲愴和絕望的一句話，「我不想再見到你，商深，我恨你，你記住，你永遠欠我的！」

說完轉身離去，不給商深任何解釋的機會。

商深被許施攔住了去路，許施傲然地站在商深面前：「商深，既然你已經有新歡了，就不要再糾纏衛衛了，放她一條生路好不好？我求你了。」

「阿姨，你誤會了，我和崔涵薇只是普通朋友……」

商深這才知道事情比他想像中嚴重多了，遠處，范衛衛的身影眼見就要消失在人群中，他想要趕緊追過去。許施卻說什麼也不肯讓商深過去，她才不管商深和崔涵薇是什麼關係，只要衛衛對商深死心就好，眼下的機會太難得了，就算是誤會，也要讓衛衛對商深誤會到底。

「商深，我希望你能保持最低限度的尊嚴，不要再糾纏衛衛了！」許施伸手拉住商深的胳膊，「作為衛衛的媽媽，我不希望她受點半點傷害。你已經傷害她了，難道還想繼續傷害下去，讓她到了國外也不開心？你怎麼就這麼狠心？你到底有沒有真的愛過衛衛？」

商深止步了，許施的話如同一把尖刀正中他的心臟，讓他疼到無法呼吸。「阿姨，請你轉告衛衛，在她沒有親口告訴我要和我分手之前，我不會愛上任何人。這是我的保證，也是我作為一個男人的承諾。」說完，商深朝許施鞠了一躬：「謝謝！」

許施望著商深離去的背影，心中微有觸動，不過很快她就被勝利的情緒淹沒了，就讓衛衛無牽無掛地出國好了，她和商深的認識相戀，本來就是個錯誤，就算商深和崔涵薇剛才的舉動是個誤會，由錯誤開始再由誤會結束，也挺好。

許施從皮包中拿出范衛衛的手機，翻到商深的手機號碼，發出一則短訊：「商深，我們分手吧！你自由了，從此以後，不管你愛上誰，都與我無關了，我也不會再信守等你三年的承諾，從此你是你，我是我……」

發完短訊，再遠望向剛才和商深抱在一起的女孩，許施心中滿滿的勝利感頓時減弱了一大半，商深也真是交了狗屎運，這麼漂亮的女孩怎麼會喜歡他？看女孩的舉止打扮和優雅的姿態，肯定也是生長在富貴之家的千金小姐，家境應該不比衛衛差。

人就是如此奇怪，如果商深的身邊是個遠不如范衛衛的女孩，許施會開心許多，覺得商深的眼光不過爾爾，偏偏商深身旁是個漂亮、優雅而且周身流露富貴之氣的女孩，令她大感失落，彷彿是商深攀了高枝而拋棄女兒一樣。以商深的水準，只能衛衛拋棄他，不能讓他拋棄衛衛！

許施心理極度不平衡地多看了崔涵薇一眼，試圖找到崔涵薇不如范衛衛的地方，讓她失望的是，崔涵薇舉止大方，亭亭如蓮，在人群中一站，絕對是眾人的焦點，實在不比女兒遜色半分。

這麼好的一個女孩為什麼要喜歡商深這樣一個要什麼沒什麼還花心的窮小子？許施恨恨地想，真是沒眼光，誰看上商深，誰就是傻子。

被許施腹誹為傻子的崔涵薇雖然不知道發生了什麼事，但也大概猜到了范衛衛的誤會是因為剛才她對商深的一抱，其實也不是什麼摟抱，只是她的手抱住商深的肩膀，防止商深摔倒的扶助罷了。

怎麼就讓范衛衛誤會了？想起范衛衛對她還算不錯，心中閃過一絲愧疚，見商深垂頭喪氣地走來，上前安慰商深：「不要緊，向衛衛解釋清楚就行了。」

商深的手機響了。看到范衛衛發來的短訊，商深一臉灰色，心情低落到極點，想回覆范衛衛解釋一番，卻又覺得不管怎麼辯白范衛衛也不會相信，嘆息一聲，收起了手機。

飛機起飛了。

飛機騰空而起產生的巨大推力讓人有瞬間的失重感，商深坐在靠窗的座位，窗外是藍天白雲，在藍天白雲之外，是無邊無際的天空。

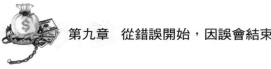

來的時候，他和崔涵薇、徐一莫是無意的偶遇。回去的時候，卻是有意的同行。崔涵薇坐在他的右側，徐一莫在崔涵薇的右側。二人一直沒有說話，乖巧得像是笑不露齒的淑女。商深卻知道，她們的安靜是生怕不小心哪一句話會引起他的傷心。

真的就這樣和范衛衛結束了？范衛衛和許施來機場應該是出國。商深心中長嘆一聲，范衛衛還是沒能頂住家裡的壓力提前出國了，也許他和范衛衛的相識相戀，本來就是一場錯誤。但人生中的每一次遇見，誰知道是對是錯呢？他真的很愛范衛衛。想起范衛衛最後一句「你永遠欠我的」，再想到他給范衛衛打過的欠條，商深心中無比悲傷，為什麼會這樣？為什麼范衛衛連個解釋的機會都不給他？

「以後如果你背叛了我，哼，我只要拿出字據，要你欠我一輩子的情債。」

「因為如果讓你照顧我，你就是主動的一方，我依賴你而不是你依賴我，你隨時可以因為不需要我而放棄我。但我照顧你就不一樣了，我是主動的一方，你習慣了我的照顧我的存在，就不會輕易離開我……，我就是你的視線，你的拐杖，你的全部。」

范衛衛的話猶在耳邊，人卻已經遠走高飛，心也遠離了他，昔日的誓言真的可以轉眼煙消雲散？

「商深，回北京後，你住在哪裡？」徐一莫沉默了一段時間後，按捺不住說話的欲望，向商深發問。

「還沒想好。」商深現在全無心思去想范衛衛之外的事。年輕時，人都有過為愛癡迷為愛不顧一切的狂熱，商深也不例外。

「別想了，商哥，治療失戀的最好的辦法，就是再開始一場戀愛，你現在身邊有兩個美女陪伴，說吧，想和哪一個談？」

徐一莫半是玩笑半是認真，「我早就說過，你和薇薇最般配，你們如果不在一起，我就再也不相信愛情了。」

「為什麼我一定要和她在一起而不是和你在一起？」

商深的心情因為徐一莫的話而舒暢了幾分，見徐一莫隔著崔涵薇探頭向他說話的姿勢很好笑，就想逗她。

「如果你想和我在一起，我沒意見，只要薇薇也沒意見，我們就在一起好啦。」徐一莫一臉無所謂的表情，彷彿她真的對愛情也無所謂一樣。

「別鬧了！」崔涵薇卻沒有心情打鬧，臉色沉靜，「有時我想，人生也許就是一次又一次的錯過，衛衛對商深的誤會，絕不會只有機場這一次，可能還有別的事累積在一起才讓她對商深徹底失望。」

「也許吧。」崔涵薇的話不無道理，商深認可她的說法，范衛衛不是個聽風便是雨的女孩，她有主見又聰明，絕不會為一點小事就改變心意，但到底還有哪些事引起了她的誤會，他想不明白。

「如果你不嫌棄，回北京後，我幫你安排住宿。」

崔涵薇不想再提范衛衛的話題，雖說范衛衛和商深分手，從某種意義上講，她是最大的受益者，但她卻高興不起來，她不想讓范衛衛覺得是她搶走了商深，更不希望商深是在不明不白的情況下跟她在一起。她希望的狀況是商深和范衛衛和平分手，然後再喜歡她。不過許多事總是不會和期待中一樣美好。

「好。」商深沒有拒絕崔涵薇。

飛機降落北京首都機場時，正是正午時分，陽光明亮，雖比南國的陽光弱了些，卻依然炎熱逼人。

站在北京的陽光下，商深忽然有一種重獲新生的感覺。

沒錯，商深一直堅信一個道理，善待你遇到的每一個人，因為你不知道你遇到的哪一個人會改變你一生的命運，不管他以後和范衛衛有沒有結果，范衛衛在他生命中的出現，已經改變了他的命運，他由衷地感謝范衛衛。

崔涵柏前來接機。見到商深，崔涵柏微微一愣：「怎麼是你？你怎麼會和涵薇、一莫在一起？」

「你還好意思問。」崔涵薇對哥哥沒好臉色，打開車門，請商深上車，「商深，請。」

商深也不客氣，配合崔涵薇的動作，大馬金刀地上了車，驚得崔涵柏目瞪口呆。

「什麼情況這是？這麼大牌，真當我是司機啦?!」發動汽車，崔涵柏對商深剛才的舉動極度不滿，一打方向盤，汽車駛上高速公路。

「商深，我可告訴你，在我面前，你得客氣點。」崔涵柏抗議道。

「商深是我的合夥人，又是我的救命恩人，他為什麼要對你客氣？哥，應該是你對他客氣並且感謝他才對。」崔涵薇坐在副駕駛座上，朝崔涵柏冷冷道。

崔涵柏回頭看了眼坐在後座的商深和徐一莫，狐疑地說：「出什麼事了？哪裡不對？涵薇，你和商深是怎麼遇到一起的？我怎麼覺得你們兩個好像有什麼內情？」

「當然有內情了，在深圳他們都住在一起了。恭喜你，崔涵柏，你多了個妹夫。」

徐一莫唯恐天下不亂，隨口把商深和崔涵薇的關係拉到最高的程度。

「你說什麼？」崔涵柏這一驚非同小可，一踩剎車停在路邊，惹得旁邊的車子一陣喇叭聲。

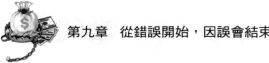

他回頭盯著商深的眼睛，「商深，你說實話，你和我妹怎麼了？」

「行了，別聽一莫瞎說。」崔涵薇臉微微一紅，想起在酒店的事，頓時心跳加快，忙岔開話題，「哥，我勸你以後不要再和一些不三不四的人來往，萬一出了什麼事，到時後悔都來不及。」

「你是說祖縱？」崔涵柏將信將疑地從商深身上收回目光，如果商深真對妹妹做了什麼，他絕不會輕饒了他。

「祖縱有的時候是無恥了些，但他也不是不辦正事，這不，剛剛他的三百萬已經入賬了，在他的引薦下，公司又做成了一筆生意，所以說，看人不要只看缺點，要客觀全面。」

「客觀全面？」徐一莫譏笑道，一撇嘴，「照你這麼說，黃廣寬也有可取之處了？」

「當然啦，我看人不會錯的，黃廣寬在實力上也許比不上祖縱，但在人品上比祖縱還可靠一些。」

既然商深沒有對妹妹怎麼樣，崔涵柏就放心了，商深和妹妹比差遠了，他哪裡配得上妹妹啊。

汽車繼續發動。

「黃廣寬人品可靠？」崔涵薇再次冷笑，幾乎壓抑不住內心的憤怒，「哥，以後如果你再在我面前提黃廣寬，我就再也不理你了。」

「怎麼了？這是什麼情況？」崔涵柏撓撓頭，一臉不解。平常雖然他很強勢，但大多數時候他還是很在意妹妹的感受，會讓著妹妹。

「什麼情況？崔哥哥，你的妹妹差點被人灌醉，然後被帶去開房間……」徐一莫接過話頭，「如果不是商深出面，你妹妹和我還能不能活著回來都不一定呢。」

「什麼？太誇張了吧？」崔涵柏半信半疑，「再說，商深有這麼厲害？別鬧了。」

「誰鬧了？你聽好了，我告訴你事情的全部經過。」

徐一莫一五一十地說出當時的驚險經歷，她繪聲繪色的描述以及誇張的表情，讓崔涵柏又一次急踩剎車。

「涵薇，是不是真的？」

「你覺得一莫會拿我和她的清白開玩笑？」

崔涵薇想起黃廣寬的嘴臉就覺得噁心，「要不是商深和王向西陪我們去，我和一莫肯定會遭毒手。哥，你的眼光真好啊，還說黃廣寬人品可靠，以後你交朋友可得擦亮眼睛，再交友不慎的話，下一次就不是賣妹妹，說不定就賣老爸了。」

「我……」

崔涵柏被說的嚇出一身冷汗，他對自己唯一的妹妹十分疼愛，如果崔涵薇真被人欺負，他絕對會跟黃廣寬拼命。

「對不起，妹妹，這事確實是我不對，我看錯了人，向你認錯。」又回頭對商深說道：「謝謝你商深，這次多虧了你，我欠你一個人情。」

商深擺擺手：「不用客氣，以後都是一家人了。」

「一家人？」崔涵柏臉色一變，「你幫涵薇是一回事，要和她談戀愛可是另一回事，不能混為一談。我可有言在先，我不同意你和涵薇在一起。」

「我還就想和涵薇在一起了。」商深故意開玩笑道：「不過不是你想的那樣，我和涵薇在一起是要合作事業。」

「合作事業？」崔涵柏疑惑地看向崔涵薇，「什麼意思啊？」

「意思就是……」崔涵薇一臉堅毅，語氣不容置疑，「第一，我要從公司撤股，新成立一家公司。第二，我要動用爸爸為我準備的創業資金。第三，我要收回我在北三環的房子。」

「什麼？你瘋啦？」崔涵柏大驚失色。

傍晚的一場急雨沖刷了盛夏的暑氣，讓積攢一天的炎熱一掃而空，帶來了清新和爽快，如果加上眼前的一片園林，說是良辰美景也毫不誇張。

商深沒想到，崔涵薇為他提供的房子竟然是一處非常高檔的社區，位於北三環邊上，位置十分優越，最主要的是，社區的環境非常優美，三步一景觀，五步一假山，讓人心曠神怡。

吃過晚飯，崔涵薇沒有急著回去，讓商深陪她在社區內散步。

當時的北京遠不如十多年後人多車多房子多，三環已經是很好的位置，如果誰在三環擁有一套房子，便可算是成功人士了。

若干年後，當各大樓盤大打品質牌、景觀牌、位置牌和綠色節能、環保等諸多賣點來號召買家時，商深所在的京北花園此時就已經具備了以上的全部優點，不得不說樓盤的開發商確實具有卓越超前的眼光。

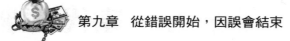

開發商不是別人，正是崔涵薇的爸爸崔明哲。

崔明哲為崔涵薇、崔涵柏各預留了五間房子，都在位置極佳的地點。崔涵柏的房子要麼抵押貸款，要麼租了出去，全部沒有空閒，而且他還借用了崔涵薇位於京北花園的一套。

崔涵薇的五間房子，一套用來自己偶爾住——大部分時間她還是和爸媽住在一起——三套借給朋友，一套被崔涵柏拿走用來抵押貸款了。

貸款還清後，崔涵柏並沒有歸還，現在崔涵薇要安排商深住處，就開口要求崔涵柏還她。崔涵柏一開始自然不肯，他還想拿來抵押貸款，但見崔涵薇態度堅決，只好妥協。

妥協了房子的事，他卻不肯同意崔涵薇從公司撤股，主要是他現階段沒錢變現崔涵薇的股份。崔涵薇沒再勉強，反正爸爸為她準備的創業資金也夠新公司前期所用了。

京北花園的房子是三廳兩廳，面積大概一百多平方米，商深一個人住綽綽有餘了。還有一點，她的新公司也在附近選址，如此可以方便商深上下班。京北花園不但位置好，附近超市、公園、醫院和銀行一應俱全，菜市場也有，商深只要不是生活不能自理的笨蛋，出門五百米的範圍內，所有該有的生活設施應有盡有。

考慮得這麼周全，不知道商深會不會體會到她的一片真心和深情？

「我們爭取在一周內初步定下公司的地址和名稱，怎麼樣？」

漫步在花園式的社區內，園林式的景觀以及各種高大樹木營造出美不勝收的景色，置身其中，讓人心曠神怡，心情舒暢。

「沒問題。」對崔涵薇的安排，商深十分滿意。

不滿意不行，崔涵薇確實考慮得面面俱到。比起范衛衛，她似乎不只是大了一兩歲，而是十幾歲的差距。

也許是家庭環境的影響，商深感覺范衛衛和崔涵薇在性格上的差異十分明顯。雖然崔涵薇比范衛衛更傲慢些，但在大事上，她比范衛衛冷靜並且考慮周全，還有和她年齡不相稱的高瞻遠矚。

「公司的名字叫什麼好呢？你幫我想想。」

商深見前面有處亭子，兩人便到亭子裡坐下。

商深托腮沉思片刻。

「叫施得電腦系統有限公司，好不好？」

「施得？是什麼意思？」崔涵薇不解其意。

「施不望報，得失在我，先施後得。」商深深信先付出後回報的道理，

「捨得捨得，先捨才能後得。」

「好名字，就叫施得電腦系統有限公司了。」

崔涵薇贊同商深的理念，微微一笑，「施不望報，得失在我，說得容易，做到卻難，尤其是在感情上，付出了感情，都想收穫愛情，但往往事與願違，付出全部卻得不到對方一丁點真心。」

商深知道崔涵薇影射的是范衛衛，他和范衛衛的事太複雜，說不上誰對誰錯，想太多反而會束縛自己，搖頭笑道：「就讓時間證明一切吧，不去想了，不管以後衛衛是不是原諒我，至少我可以問心無愧地對她說，和她在一起的時候，我沒有背叛她。」

「你要等她幾年？」

崔涵薇想知道答案，商深和范衛衛造成現在的局面，固然有她的因素，但也並非是她故意為之。

「也許三年，也許一年，誰知道呢。如果衛衛真的對我死心了，連解釋的機會都不給我，我又何必再無望地等下去？人生沒有多長，要把有限的時間用在更有意義的事情上。」

「這話我聽上去，怎麼覺得好像你是個很容易忘情的人？事過即忘或者是無情無義，說的就是你吧？」

崔涵薇眼神中流露出一絲埋怨和懷疑。

「也不能這麼說，我是個只要決定了就會認真去做的人，不管是對人和事，都很投入和專注。但有一個前提，就是我做的事情要有意義，如果事情對我沒有意義或是對方對我沒感覺，我就會捨棄。」

商深抬頭望著天，天上繁星點點，也不知道遠在大洋彼岸的范衛衛此時此刻會不會也在思念著他。

「不早了，我該回去了。」崔涵薇起身，「明天見。」

「明天見。」商深送崔涵薇到社區門口，招了輛計程車，送她上車後，衝她擺擺手道：「謝謝你涵薇，你讓我對北京第一次有了歸屬感。」

崔涵薇明知商深的話是感謝她為他提供的住宿，卻莫名臉一紅，想成商深是向她表白了，她忙低頭掩飾自己的臉紅，揮手道別。

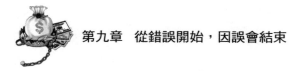

第十章

交換條件

「不是玩笑，是交換條件。」伊童再次吐出一個菸圈，
「伊氏房產是我爸的公司，我爸只有我這麼一個女兒，
在我名下的房子，光是北京就有十幾間。
所以我想送誰一套，全看我高興不高興。對我來說，真情才是無價的。」

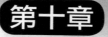

等崔涵薇走遠，商深在社區門口又站了會兒才回去。

正要上樓的時候，感覺似乎身後有人，他的目光不經意回頭一掃，不遠處的樹後有個一閃而過的人影，他愣住了，這個人影似乎在哪裡見過，是很熟悉的感覺，好像是……

對，好像是葉十三。

仔細一想，商深又否定了自己的判斷，北京那麼大，葉十三怎麼也會在京北花園？京北花園可是高檔住宅，葉十三既買不起也租不起……八成是他看錯了。

商深並沒有看錯，剛才一閃而過的人影，確實是葉十三。他更不知道的是，剛才他和崔涵薇漫步在社區以及他送崔涵薇上車的一幕，被葉十三盡收眼底。

葉十三確實是買不起京北花園的房子，也住不起，但有人住得起——畢京。

沒錯，正是畢京。

以畢京的收入，就算在微軟工作，但畢竟剛畢業，收入不算高，也租不起京北花園的房子。就算租得起也不值得，他不可能把一個月的收入都用在房租上，何況微軟還免費提供住宿。

不過畢京還真在京北花園有套住房，雖然他沒有所有權，卻有使用權。是畢京新交的女朋友伊童免費提供給他的。

畢京因為業務關係，認識了一個名叫伊童的客戶。在接觸中，伊童喜歡上風趣幽默的畢京。雖然畢京其貌不揚，伊童還是不顧一切地對畢京投入了感情。她認為男人長得帥不帥不重要，重要的是能夠給她帶來快樂就夠了。

伊童是什麼家世，葉十三不是很清楚，但他清楚的是，伊童生在富貴之家，而且還是非常有錢並且有權的家庭。

他很羨慕畢京的運氣，不是哪個鳳凰男都可以在北京遇到一個願意降低身分的孔雀女的。以他對伊童的觀察，伊童對畢京是真心喜歡，他告誡畢京，要珍惜伊童，不要辜負伊童的一番情感，有些人該忘就忘了吧，就和他忘了杜子清一樣。

有些人自然指的是范衛衛。畢京一方面接受伊童的感情，另一方面卻依然對范衛衛念念不忘，他想，先不管他和伊童以後怎麼樣，現在在一起就在一起吧，如果有一天他可以俘獲范衛衛的芳心，他會毫不猶豫地離開伊童。

伊童察覺到畢京對她並沒有投入百分之百的感情，為了要留住畢京，她把自己位於京北花園的房子無償奉獻出來讓畢京住。正好京北花園離她的公司不遠，也離畢京的公司不遠。

畢京毫不猶豫地接受她的好意，馬上就搬了進去，對她也似乎比以前好了幾分。不過她還是不太放心，正好畢京出差，她就私下約葉十三來京北花園見面，想旁敲側擊從葉十三這兒瞭解畢京的真實想法。

葉十三接到伊童的電話，立即猜到伊童的用意，他沒有找理由拒絕見面，反而欣然赴約。他的想法很簡單，是該和伊童好好談一談了，不僅僅是談畢京的問題，還有他和崔涵薇的問題。

因為他隱約聽到傳聞，說伊家和崔家是競爭對手，在爭奪京北花園的地皮時，兩家有過正面的激烈衝突，由於埋下過節，伊家一口氣買了京北花園三套房子，本來是想藉施工不良的品質問題借機發難，沒想到房子品質不但沒問題，而且還遠超同價位的樓盤，堪稱上乘。

加上房價不斷上漲，伊家乾脆也不脫手了，三間房子全部留下。作為伊家的獨生女，伊童自然也得到其中一套房子——對她來說，伊家偌大的家業以後遲早全由她一人繼承。

懷著打聽崔涵薇家世和秘密的好奇心，葉十三早早就來到京北花園，離約定時間還有半個小時，他就在樓下隨處轉轉，先熟悉一下環境。不轉還好，一轉就更羨慕畢京了，整個社區環境乾淨整潔，景觀優美，雖在鬧市，卻有鬧中取靜的雅致，當真是一處高檔又不失身分的居所。可惜價位之高，遠超他的能力。葉十三暗暗發誓，有朝一日，他一定要在北京擁有屬於自己的房子。

正當他憧憬未來的時候，不經意一瞥，卻看到了讓人終生難忘並且無比氣憤的一幕——商深和崔涵薇坐在社區的涼亭裡，正談笑風生。

怎麼可能？葉十三險些沒有氣得當場衝上去揪住商深的衣領，對他大打出手。

商深簡直不是人，在抱了他的前任女友杜子清後，居然又和他心儀的女神崔涵薇在一起，商深為什麼處處和他作對？為什麼？

葉十三頗有既生瑜何生亮的感慨，從小到大，商深處處比他優秀，比他成績好，比他人緣好，比他更受女生歡迎。不公平！他比商深帥，比商深高，為什麼處處低商深一等？

好吧，以前的事過去不算，他不計較商深以前對他的傷害，他決定和商深從此劃清界限，不再是關係最鐵的哥們了。卻怎麼也沒有想到，商深欺負他沒完，他眾人尋她千百度的夢中情人、為了她，他遭受到平生最大的屈辱，還被逼得如喪家之犬一般躲了一個禮拜，讓她日思夜想的崔涵薇，居然和商深認識。

不，不但認識，而且看二人的親密程度，就如戀人一般。商深，你欺人太甚！

好在葉十三還是克制了要衝上去暴打商深一頓的衝動，他緊咬牙關，安靜地躲在後面，將二人的一舉一動看得清清楚楚。

葉十三猶如有耐心的獵手，在商深送走崔涵薇上樓之時，還緊跟不捨。他想跟隨商深上樓，查到商深住在哪一間，卻險些被商深發覺，一驚之下，急忙躲了起來。

等他再重新回來找的時候，卻發現商深已經不見了，電梯顯示停在十二樓，也不知道是不是商深住的樓層。

京北花園有兩梯四戶的單元，也有兩梯三戶、兩梯兩戶的單元，商深所在的單元是兩梯兩戶，算是社區中高端的戶型。

商深怎麼會住在京北花園？以他的收入——不對，他壓根就沒有收入，連固定工作都沒有，窮得要命——怎麼可能住得起京北花園的房子？難道他和畢京一樣，也有一個白富美的女朋友？

對了，一定是崔涵薇提供給商深的房子。

葉十三一拳打在一棵大樹上，大樹紋絲不動，他卻感覺拳頭火辣辣地疼。低頭一看，拳頭破了一層皮，滲出了鮮血。他恨恨地想，總有一天，他要讓商深付出血的代價。

懷著對商深的痛恨，葉十三來到二號樓一單元，上了電梯，來到一五〇一號房，敲門，門一開，伊童那張娃娃臉出現在他的面前。

伊童個子不算高，一米六，微瘦，身材還算可以，當然，在葉十三的眼中，她遠不如杜子清溫婉可人，如果讓他為伊童的相貌打分數的話，七十分是最高分了。

短期交往看性格，長期交往看人品，伊童的性格如何，葉十三還不得而知，畢竟他和她接觸很少，據畢京說，伊童是個很有個性的女孩。個性一說，是很中性的形容，個性可好可壞，好壞全在一念之間。

穿一身白色居家服的伊童，大方地一拉葉十三的胳膊：「來，快進來，外面熱。」

房間中開足了空調，十分涼快，由於溫度過低的原因，葉十三一進門就起了一身的雞皮疙瘩。

木地板、水晶燈，裝修並不奢華，卻很溫馨。葉十三自顧坐到沙發上，見伊童從冰箱中拿出水果，擺手說道：「不用忙了，伊童，我剛才吃過飯，什麼都不吃。」

「餐後水果有助消化。」伊童的聲音很輕柔，帶有幾分沙啞，卻沙啞得很有味道。

葉十三只好拿起一顆櫻桃放到嘴裡。

伊童又為葉十三倒了杯茶，然後坐在葉十三的對面，她的長髮隨意地束在後面，顯得既輕鬆又青春飛揚。

「十三，你是畢京的好哥們，我也知道一句話，兄弟如手足，女人如衣服。一個男人也許一輩子有好幾個女人，但最好的哥們卻不會改變，所以你們男人之間的秘密很多，有些秘密你們會守一輩子，甚至連最親近的女人也不知道。」

伊童的話很有殺傷力，「我就想問你一句話，也希望你對我說實話——畢京心裡面是不是還有別的女人？」

葉十三被伊童一劍封喉式的問題問住了，愣了愣說：「這個問題還真不好說，雖然我和畢京是好哥們，可是他在感情上是怎麼想的，他還真沒有和我談過。」

「我在京北花園有三套房子……」伊童點燃一支菸，輕吸一口，然後朝葉十三吐出一個菸圈，「你想不想要一套？」

「……」

葉十三感覺嗓子發乾，舌頭發直，在伊童逼人的雄厚實力面前，他感覺自己渺小得就如一隻螞蟻，「這個玩笑一點兒也不好笑。」

「不是玩笑，是交換條件。」伊童再次吐出一個菸圈，「伊氏房產是我爸的公司，我爸只有我這麼一個女兒，用腳趾頭想都知道，以後伊氏的家產會由誰說了算。不瞞你說，在我名下的房子，光是北京就有十幾間。你說我爸會記得清楚嗎？所以我想送誰一套，全看我高興不高興。一套房子才多少錢？對我來說，真情才是無價的。」

真情是無價，但也只有不用為未來發愁的富二代才能說出這樣的話，葉十三心亂了，一套房子對伊童來說沒有多少錢，對他來說，卻是十幾年甚至幾十年的努力。

但是……轉念一想，做人不能只看眼前的蠅頭小利，要看長遠，更不能為了一點點的利益而出賣朋友。他深吸了口氣，心中立時有了決定。

「伊童，我不要你的房子，但我會告訴你畢京心裡有誰。她叫范衛衛，人不在北京，是深圳人……」

「范衛衛？」伊童喃喃念道，驀然想起什麼，「深圳人？她的爸爸是不是叫范長天？」

「不知道。」葉十三搖頭，他是真不知道范衛衛的來歷，「我只知道范衛衛是商深的女朋友，或者說，是前女友。」

「商深又是誰？」伊童被葉十三繞了進去。

「商深是我的發小，在我認識畢京之前，他曾經是我最好的哥們。他和范衛衛在德泉時，畢京認識了他們，同時也喜歡上范衛衛。畢京還和商深打賭，一年後如果他混得比商深好，范衛衛就跟他，結果范衛衛居然答應了。不過范衛衛也不知道還回不回北京，估計她以後都見不到畢京了，所以你也別在意畢京心裡有范衛衛，他只是為了和商深打賭，也許在他心裡，他並不是真的喜歡范衛衛，只是喜歡搶別人的女朋友。」

葉十三一口氣說出他所知道的，心裡舒暢許多，伊童給他的壓力太大了，讓他幾乎喘不過氣來。

「范衛衛為什麼不再回北京了？」伊童信了一半。

「范衛衛非常喜歡商深，前幾天商深專程去深圳看望范衛衛，我以為商深會留在深圳不再回北京，沒想到，商深在深圳只待了兩天就回來了，而且是一個人回來，范衛衛沒和他一起。我猜他和范衛衛也許是分手了。」

想到商深和崔涵薇在一起的情景，葉十三感覺胸口隱隱作痛。其實商深是不是和范衛衛在一起他並不關心，他只是氣憤商深為什麼要搶他的夢中情人。

世間的事，就感情最勉強不來，他喜歡崔涵薇，崔涵薇未必喜歡他。畢京喜歡范衛衛，范衛衛卻一點也不喜歡畢京。而伊童深愛畢京，畢京對伊童卻又沒有付出全部的真心。

「如果范衛衛是范長天的女兒，商深去深圳見到范衛衛的爸媽，他和范衛衛不分手才怪。范長天和許施可不是好說話的人，而且許施眼光之高，別說商深了，就是崔涵柏她也未必看得上。」

伊童將菸屁股扔到菸灰缸裡，笑了笑，「商深有什麼本事敢和畢京打賭？一年後他能混得比畢京好？有我在，商深必輸無疑。不說別的，就說我拿出一套房子讓畢京住，就已經決定勝負了。商深一年時間能在北京買得起一套房子？」

商深是買不起，但畢京也買不起啊，葉十三不知道是該嘲笑畢京接受伊童的恩賜，還是該笑話商深背靠崔涵薇好乘涼——毫無疑問，現在他確定商深之所以住在京北花園，肯定是因為崔涵薇的關係。

難道說，商深才和范衛衛一分手就投入到崔涵薇的懷抱？崔涵薇好歹也是大家閨秀，是這麼沒見過男人？商深有什麼好，值得她如此投入？

「商深很有女人緣，他在北京買不起房子，不過他可以和畢京一樣，有女朋友送他一套。」葉十三心思電閃，決定再為商深挖一個坑，「我剛才看到商深了，他就住在五號樓。」

「五號樓是樓王的位置，他怎麼可能住得起？」伊童微微一怔，「除了范衛衛，商深在北京還有一個女朋友？是誰？也許我也認識。」

「你肯定認識。」

坑來了，葉十三微微一笑，你們都跳下去吧，我會在上面祝福你們在坑底幸福的。

「崔涵薇。」

「崔涵薇？」伊童一臉震驚得站了起來，「真的假的？你沒騙我吧？」

「我怎麼會騙你，你是畢京的女朋友，我絕不會騙你。」葉十三一臉認真，「我剛才看得清清楚楚，商深和崔涵薇一起有說有笑在社區裡散步……對了，你可以查一下崔家的房子在京北花園是幾號樓幾單元。」

「你等一下。」伊童起身到房間打了個電話，不多時回來，「商深是不是住五號樓一單元一二〇一？」

「應該是，我只看到商深在五號樓上樓，不知道具體是哪間。」葉十三心知伊童的話肯定沒錯，商深原來住在一二〇一，他心裡牢牢記住了。

「那就對了，還真是崔涵薇讓商深住了她的房子。」伊童坐下來，又抽出一根菸，點了幾下沒點著，索性扔到一邊不抽了。「十三，你覺得商深和崔涵薇只是一般的男女關係，還是崔涵薇想和商深有事業上的合作？」

「估計都有。」葉十三心中憤憤不平，和崔涵薇談情說愛並且合作事業的人應該是他才對，為什麼是商深？

「你很瞭解商深嗎？恨他嗎？想讓他一敗塗地嗎？」

儘管葉十三努力克制對商深的恨意，但伊童敏銳地發現葉十三提及商深時滿懷的不滿以及提到崔涵薇時不經意的溫情流露，大概猜到了幾分。

對，隱約記得畢京說過葉十三對一個女孩一見鍾情，毫不猶豫拋棄了杜子清的事，那個女孩應該就是崔涵薇吧？

「什麼意思？」

葉十三其實也注意到伊童對崔涵薇的恨意，更知道伊家和崔家是生意上的競爭對手，假裝不明白伊童的話。

「明人面前不說暗話，你就不要裝了。」

伊童哈哈一笑，起身拿出幾罐啤酒，遞給葉十三一罐，「你對商深不滿，我和崔涵薇不對盤，我們又是畢京的共同朋友，所以我們是上天註定的盟友。這樣吧，我們乾脆合作成立公司，我出資，你以技術入股，公司的名字我都想好了，就叫北京眾合互聯網資訊服務有限公司，怎麼樣？」

「投資多少？我占多少股份？」

葉十三動心了，雖然他在馬朵的手下工作，但馬朵的成功不等於他的成功，他的收入十分微薄，想在北京置產無疑是遙遠的夢想，眼下有這麼一個大好機會擺在眼前，要是錯過就太傻了。何況還能借伊童之手打敗商深，然後從商深身邊搶走崔涵薇。

「投資五百萬，你占百分之一的股份，職務至少是副總，以後再根據業績和公司的發展情況調整你的待遇。你覺得怎麼樣？」

伊童又點上一支菸，左手菸右手啤酒，加上一副踍踍的表情，很有玩世不恭的味道。

五百萬的百分之一不過五萬塊，但對葉十三來說，等於是憑空而得，不過如果他一口答應下來就顯得太膚淺了，沉吟片刻：「我需要考慮一下。」

「百分之二。」

伊童立馬加大籌碼，吐出一個大大的菸圈，「你要是同意，我們現在就簽一個同意書，一個月內公司就可以成立。但是我有一個條件，你不要告訴畢京，公司的幕後金主是我。」

「為什麼？」葉十三一愣，不明白伊童為什麼要瞞畢京。

「百分之三。」

伊童不正面回答葉十三的問題，「條件是，我說什麼你做什麼，必須無條件服從，在需要時，即使背叛畢京也在所不惜。」

百分之三的股份相當於十五萬，以葉十三目前的年收入不超過五千元的現狀，十五萬等於是他三十年的收入總和，說不怦然心動絕對是自欺欺人，雖然伊童的條件有污辱他人格之嫌，但為了打敗商深，為了贏得美人歸，跟他拼了。

至於畢京，不好意思，哥們，反正你也不是真心喜歡伊童，我和她別說有什麼秘密了，就是上了床也不算對不起你，對吧？大不了我幫你追到范衛衛就是了。

主意既定，葉十三微一點頭：「願意為伊姐效勞。」

見葉十三的表態很到位，伊童開心地笑了：「跟了我，十三，你會收穫你想像不到的成功。」

葉十三不是一個甘居人下之人，但在伊童面前，他低頭了；人在屋簷下，不得不低頭，他信奉一個理念——有時適當的退步和低頭是為了更好的進步和揚眉吐氣。

「伊姐，你有沒有考慮過公司未來的發展方向？」

葉十三從事的是互聯網工作，他最瞭解互聯網，也最認可互聯網的前景，正是因此，他才幾乎沒有猶豫就考慮加盟伊童的公司，不過他對伊童對互聯網的現狀和前景是否瞭解心裡沒底。

「今年是互聯網風起雲湧的一年，我相信，九七年會以互聯網元年的高度載入史冊。」伊童一仰頭喝乾了啤酒，又滅了手中的菸，在房間中來回走著，「互聯網大潮就要來臨了，誰搶佔先機，誰就會成為引領時代的風雲人物。九四年是中國互聯網的開端，這一年，中國通過一條六十四K國際專線接入了互聯網世界；這一年，中國科學院高能物理研究所設立了國內第一個WEB伺服器；這一年，中國第一個BBS誕生。」

葉十三驚呆了，伊童的玩世不恭讓他對她產生錯覺，以為她是個不學無術的富二代，沒想到她不但對互聯網的發展瞭若指掌，而且如數家珍，可見她對互聯網的瞭解程度之深，遠遠超出他的想像。

伊童繼續侃侃而談，葉十三連連點頭：「厲害，佩服，伊姐，你這麼一說，我完全相信在伊姐的帶領下，公司可以在多如牛毛的互聯網創業公司中脫穎而出了。」

雖然傳統的實業企業家對互聯網的未來並不看好，但一個不容忽視的事實是，不管是在北京還是深圳，或者是上海、杭州，到處都有創業者在高談闊論互聯網的未來，繼而投資互聯網公司。搶佔互聯網大潮的先機，也成為許多有先見之明的資方的共識。

但在眾多一線城市熱火朝天地投身到互聯網浪潮之時，卻有一個城市例外——上海，沉靜得像一灘死水。

「今年看似比前兩年平靜，卻是暗流湧動。」伊童對葉十三的表現很滿意，她就喜歡掌控一切、讓別人對她臣服的感覺，誰要是小瞧了她，她一定會讓誰付出不菲的代價。

「據說張向西今年也有意在八達利方論壇的基礎上再上線一個全新的網站，還有，聽說雅虎也要進軍中國，中國互聯網的大潮已經蓄勢待發了，現在進軍互聯網恰逢其時。」

一九九三年十二月十八日，香港利方投資有限公司與北京八達集團公司合資創建了北京八達利方資訊技術有限公司，張向西等人是八達利方最早的核心管理人員。

八達利方具有很強的技術背景，包括張向西在內的許多核心人物都曾經是國內著名的程式設計師，加上八達集團的背景，眾多優勢使得八達的融資較為順利。

一九九七年十月，八達利方獲得來自美國華登集團、美洲銀行羅世公司及艾芬豪國際集團三家風險投資企業六百五十萬美元的資金，這也是國內ＩＴ業獲得的第一筆風險投資。

之前商深看好張向西創辦網站的背景和實力，正是基於對張向西本人的信心和對八達集團背景實力的分析，相比之下，王陽朝的愛特信雖然也有國外投資的前景，卻沒有八達利方同時還有國內雄厚根基的前提，至於向落的絡容，不論是背景還是實力更是連愛特信也比不上。

但互聯網浪潮下的精英和創業者們有一個共同點就是，不以出身論英雄，不以實力定成敗，互聯網作為新興事物，有太多的神話和奇蹟是以常人無法想像的方式出現。因此，張向西、王陽朝和向落三人最後誰勝誰負還未可知。

「比恰逢其時更具體的說法是風雲際會。」

葉十三被伊童點燃了激情，他忽然感覺到一股久違的衝動，和杜子清在一起的時候，就如風和日麗的春天，雖然舒暢而愜意，卻總是缺少一種年輕人應有的豪情，終於，他在伊童身上找到了他想要的感覺。

「大浪淘沙，現在雖然有許多人進軍互聯網行業，但只能等大潮退去的時候，才會發現到底是誰在裸泳。」

「哈哈，這個說法很有趣。」伊童開心地笑道，「十三，我現在才發現，原來你不但長得比畢京帥氣多了，也比他更有內涵。他在微軟工作，卻不願意創立互聯網公司，而是和他爸成立一家什麼儀表配件公司，太老土，太短見了。」

畢工雖然為人不堪，但他畢竟在儀表廠多年，在部裡還是有一些關係網，調到北京後，心思大動，決定成立一家公司，為部裡各個下屬公司生產配件。

以他多年在一線工作的經驗，以及對儀表生產流程和銷售環節的瞭解，品質和銷售都不成問題，只要前期有啟動資金，工廠建成後，就是滾滾財源了。

正是因為畢工一到北京心思全在賺錢上，幾乎忘記了商深的存在。在他看來，以前的事雖然讓他耿耿於懷，但只要不見到商深，不和商深有什麼交集，他也就不再計較商深對他的不恭和傷害了。

畢京也十分支持父親，認識伊童後，畢京對伊童提出投資配件廠的建議，伊童沒有答應。她比畢京看得更長遠，不願意將時間、精力和資金浪費到沒有長遠前景的行業上。

她反過來向畢京提出成立互聯網公司，卻被畢京不假思索地拒絕了。畢京一心撲在配件廠上，對互聯網的前景雖然他也看好，卻只想做一個從業者而不是創業者。伊童沒能說服畢京，對畢京的短見深感失望。

不過聽說畢工已經找到了投資者，配件廠上馬在即，伊童除了預祝畢京子承父業大獲成功之外，也懶得再勸畢京了。人各有志，不能強求，何況她是個不喜歡勉強的人。

在大部分事情上，她不喜歡勉強，除了感情。

沒辦法，雖然畢京長得其貌不揚，對她又不是全心全意，她卻偏偏就是喜歡畢京。或者在潛意識裡，她還有想要征服畢京然後再考慮甩掉畢京的心思。

「不說畢京了，他想做什麼就讓他去做好了，都擠到一個行業裡面，如果互聯網浪潮最後成了泡沫，大家不就都死了？這樣也好，雞蛋不放到一個籃子裡才安全。」

葉十三不想和伊童在背後談論畢京，他不想讓伊童認為他是個沒有原則的人。

「伊姐，什麼時候我們具體商量一下合作的細節問題？」

伊童會心地笑了：「怎麼，著急了？心急吃不了熱豆腐，不急，對成立公司、規範規章制度以及股權比例等事情，我有一個系統的規劃，不早了，今天就先這樣，下次再說。」

不管和誰合作，伊童都要掌控主動權，何況在她眼中的葉十三不過是個小得不再小的小角色，如果她連他都掌控不了，她還能怎樣掌控天下？

是的，她的夢想是掌控天下，就和她爸爸伊學良一樣，成為一個舉足輕重的大人物。伊學良在北京商界是許多人仰視的人物，雖然名氣不如崔明哲大，卻比崔明哲有實力多了。崔明哲名氣大只是善於自我炒作，爸爸為人低調謙和多了。

見伊童打了個大大的哈欠，葉十三知道該告辭了。他也聽出了伊童的言外之意，伊童是不想讓他知道得太多，想一點點將他全面掌控，讓他俯首稱臣。

其實向伊童俯首稱臣也沒什麼，在強大的資本力量面前，他再有不可救藥的自尊也提升不了自己的卑微和渺小，想要成功，就必須借助資本的力量，借助一個可以讓他騰空而起的支點。伊童當他是可以掌控的跟班，他何嘗又不是當她是一個可以成功的支點？

走出京北花園社區大門，葉十三回頭看了眼林立的高樓，商深所在的五號樓不在視線所及之處，葉十三嘴角閃過一絲勝利的笑容，拿出手機，打了個電話。

商深送走崔涵薇回到房間後，心情起伏不能平靜，他不是因為忽然有了一個裝修奢華的房子讓他免費居住而激動，而是因為范衛衛。

房間內的設施一應俱全，不但傢俱齊全，連冰箱、電視和廚具都應有盡有，實木地板和傢俱透露出低調沉穩的富貴氣息。

朝南的主臥室有一張大大的雙人床，還有一塵不染的梳粧檯和衣櫃，商深猜到——這分明是崔明哲為崔涵薇準備的新婚房。

崔涵薇居然將自己的嫁妝讓給他住，對他確實是用心了。

本來崔涵薇安排他住在主臥室，他不好意思，等崔涵薇一走，他就搬到了次臥。

夜色深了，四下一片寂靜，商深沒有開燈，一個人站在窗前凝望北京的萬家燈火，不知不覺就又想起和范衛衛在一起的片斷。

初戀最難忘懷，作為他第一個喜歡的女孩，范衛衛在他的心中留下深深的痕跡，即使她遠赴國外，他還是覺得她和他並沒有分開，她的笑容和聲音，她的嗔怪和撒嬌，她的一切，都在商深的腦海中揮之不去。

只可惜，范衛衛誤會了他和崔涵薇，而他連一個解釋的機會都沒有，難道真的就此和范衛衛天各一方，從此永不相見了？

忽然想起房間內有一台電腦，商深起身到書房打開電腦，撥號上網。

在吱吱的叫聲中，聯想電腦終於接上網路，這一刻，他和世界的距離縮短成了近在咫尺。

商深登錄了他的ＩＣＱ——很久沒有登錄了，一打開介面就發現多了幾個好友，其中一人正是徐一莫。

徐一莫還留言給他了：

「商哥，謝謝你在深圳對我和薇薇的照顧，其實我想說的是，你是個好人，范衛衛誤會你和薇薇，是她的損失。人生有許多事情不要勉強，錯過的，未必是最好，但眼前的，才是最值得珍惜的。我衷心希望你和薇薇有一個美好的明天，不僅僅是事業，也包括愛情。」

似乎意猶未盡，在後面徐一莫又補充了一句：

「對了，薇薇喜歡勿忘我，不喜歡玫瑰。她喜歡清淡的食物，不喜歡辛辣，也不喜歡口味過重的山東菜。她的個性有時候淡然，有時候又固執己見，總之是一個表面高傲其實內心軟弱的女孩。By the way，薇薇對你是真心喜歡，不管你喜不喜歡她，請不要傷害她。如果喜歡她，就請用力愛，如果不喜歡，別玩曖昧讓她陷進去，聽到沒有?!」

商深搖頭笑了笑，回覆了一句：「聽到了。謝謝，一莫，你真是一個合格的紅娘。」

他還發現了一個熟悉的名字——杜子清。杜子清此時也在線上。

商深想和杜子清說幾句，卻發現范衛衛也上線了，顧不上理會杜子清，忙打開范衛衛的視窗。

「衛衛，到美國了？」

范衛衛的頭像一下黯淡了，顯然是隱身或是離線了。

商深心中黯然，心思觸動，想了想，打下一番話：

「不管你怎麼誤會我和崔涵薇，我只想告訴你一個事實，我心中只有你一個人。如果你真的想和我分手，我也不會請求你留在我的身邊，但我依然會恪守三年的承諾，三年之內不會愛上別人。

「衛衛，你是不是還記得我常說的一句話——善待你遇到的每一個人，因為你不知道你遇到的哪一個人會改變你一生的命運，現在我明白了一件事，不管以後怎樣，至少在現在，你是改變我一生命運的那個人。從明天起，我會全身心地投入到創業中，希望在互聯網大潮來臨時，可以利用自己微薄的力量為中國互聯網的興起推波助瀾，不辜負這個最好的時代。

「還有，謝謝你對我的好，我時常想到你說的話，你說過要照顧我，讓我適應你的照顧，這樣才能讓我習慣你的存在而離不開你，可是現在我真的離不開你的時候，你卻離開了我。生活就是這麼無奈，我一個人在北京的夜裡孤獨而不可抑制地想你，想你想到不知道該怎樣面對明天。

「衛衛，你真的認為我是個見異思遷的人嗎？你真覺得我和崔涵薇有了感情？你真的覺得你的魅力只能在我面前維持這麼短？」

商深不知道，在大洋彼岸一端的一棟別墅中，電腦前的范衛衛已經淚流滿面。

商深，我真的不知道該不該相信你，我真的不知道該怎麼辦？

范衛衛雙手放在鍵盤上，幾次想要回覆商深，卻沒有辦法下定決心。商深和崔涵薇在飛機上相依相偎的親密樣子、商深和崔涵薇在酒店門口相扶相攜以及在機場上的擁抱，一樁樁一幕幕都在眼前閃動，清晰而真實，她怎麼也驅散不去。到底是該相信她的親眼所見，還是該相信商深的肺腑之言？范衛衛淚眼朦朧，幾乎不能自己。

就在她驀然下定決心，準備回覆商深時，忽然電腦螢幕一黑，怎麼回事？回身一看，媽媽站在身後，手裡拿著電源線，黑著臉，一臉不滿。

「衛衛，不是說好不和商深聯繫了，你怎麼說了不算？不要再被他的甜言蜜語迷惑了，他就是對你還不死心，想腳踏兩隻船。」

若是平常，范衛衛肯定會和媽媽翻臉，現在她卻只是淡淡地說道：「知道了，我不會再和他聯繫了。」

「知道就好，你不要被商深騙了，他表面上老實，其實是個奸詐小人，欺騙你的感情，還想拿你當跳板，完成他窮小子翻身的夢想。我後來查了，和他在一起的崔涵薇是崔明哲的女兒，崔明哲是北京有名的巨富，你還不明白嗎？他就是個想借婚姻上位的卑鄙小人！衛衛，你如果還相信他的鬼話，你就太沒有腦子了。」

想起商深在機場對她的態度，許施就恨得咬牙切齒。除非她死了，否則她說什麼也不會允許女兒和商深在一起，商深根本就是頭披著人皮的狼。

沒想到到了國外，商深還能聯繫上女兒，不是衛衛的手機號碼都換了嗎？對，是網路，網路太不好了，遠隔萬里也能瞬間聯繫上，而且還不需要支出額外的費用。

「衛衛，你快點卸載你和商深通訊聯繫的軟體，以後不許再在網上和他說話了。如果再讓我發現你和他在網上聯繫，我就沒收你的電腦。」許施下達最後通牒。

范衛衛眼含淚水：「媽，你放心，我已經決定和商深分手，就不會再回頭了。我明天就卸載ＩＣＱ，從此和他斷絕一切聯繫。」

「乖女兒。」許施上前抱住范衛衛，流下欣慰的淚水。

請續看《當代商神》4　一代梟雄

當代商神 3 孤注一擲

作者：何常在
發行人：陳曉林
出版所：風雲時代出版股份有限公司
地址：10576台北市民生東路五段178號7樓之3
電話：(02) 2756-0949
傳真：(02) 2765-3799
執行主編：朱墨菲
美術設計：吳宗潔
行銷企劃：林安莉
業務總監：張瑋鳳

初版日期：2018年9月
版權授權：閱文集團
ISBN：978-986-352-617-9

風雲書網：http://www.eastbooks.com.tw
官方部落格：http://eastbooks.pixnet.net/blog
Facebook：http://www.facebook.com/h7560949
E-mail：h7560949@ms15.hinet.net
劃撥帳號：12043291
戶名：風雲時代出版股份有限公司

風雲發行所：33373桃園市龜山區公西村2鄰復興街304巷96號
電話：(03) 318-1378
傳真：(03) 318-1378
法律顧問：永然法律事務所 李永然律師
北辰著作權事務所 蕭雄淋律師

行政院新聞局局版台業字第3595號 營利事業統一編號22759935

定價：280元　特惠價：199元

國家圖書館出版品預行編目資料

當代商神 / 何常在著. -- 初版. -- 臺北市：風雲時代,
2018.07-　冊；　公分

ISBN 978-986-352-617-9（第3冊；平裝）

857.7　　107007803